以真心做筹码的游戏，

CP

赌谁会是最后赢家。

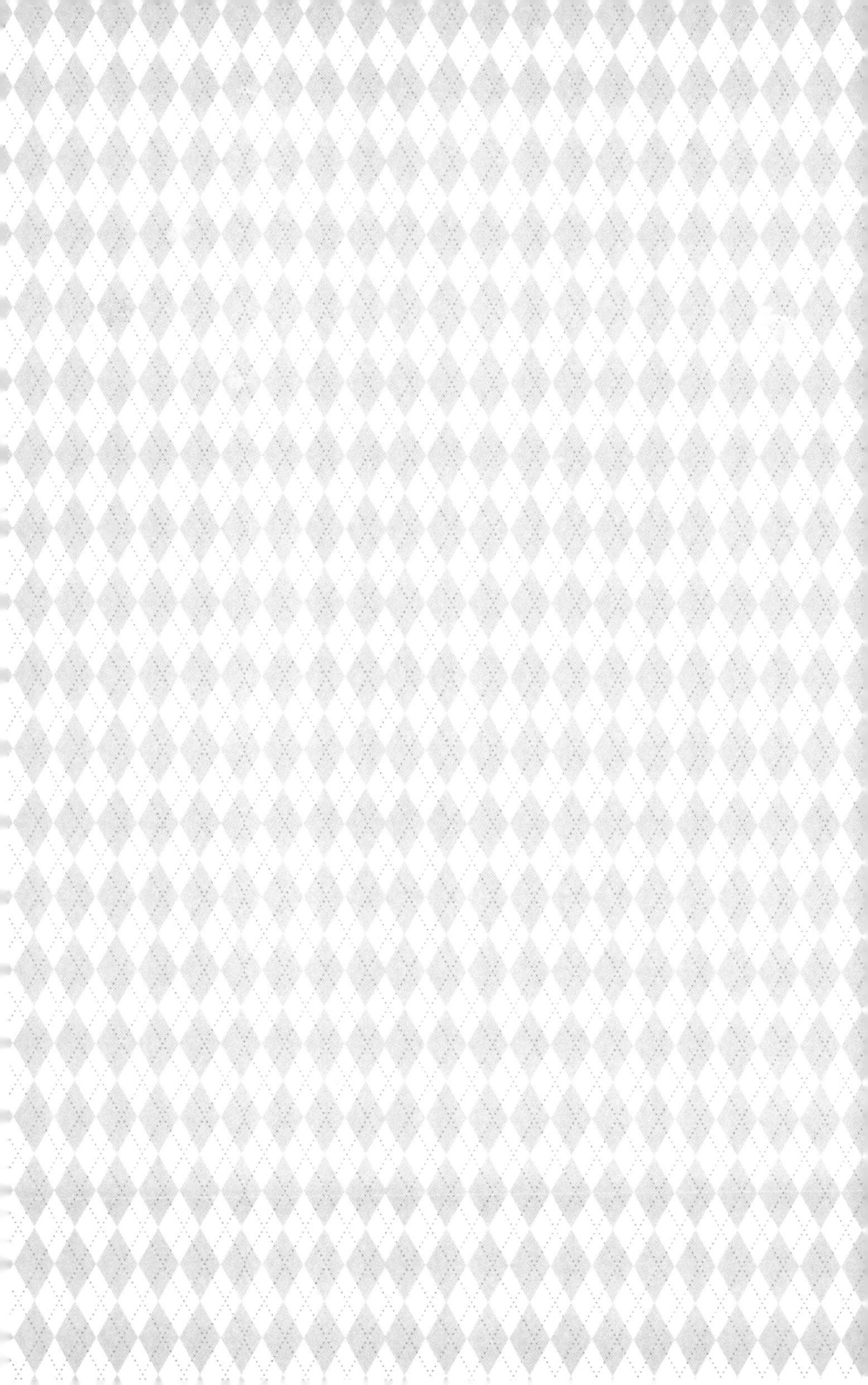

TRUE

# 真相是真

艾夕夕 主编

长江出版社 CHANGJIANGPRESS　漫娱图书

# 目录 Conte

ZHEN

ZHEN XIANG SF

瓶盖旋开，气体被放出来的一刹，

是那个男孩卸下防备的时刻。

第

因为强壮如神，所以无法为你粉身碎骨。

一个人爱什么，就死在什么上。

文 / 甩包包去兜风

一个脱离不了也不想脱离低级趣味的人。

十一次采访

EN XIANG SHI ZHEN

# "第十一次 采访"

Eleventh Interview

▽文 / 甩包包去兜风

一个脱离不了也不想脱离低级趣味的人。

## 01

C 感觉到传呼机震动起来的时候，正穿着紧身的白色背心在小旅馆的洗脸池前刷牙。

是副主编发来的信息，请他立即回消息。

他将含在嘴里的半口水吐掉，侧过头，用挂在肩膀上的毛巾擦掉下巴上的牙膏渍，然后叹了口气。

他眼下在戈市出差，跟进最近令社会不安的地下天然气泄漏事件。戈市一向治安比较混乱，所以都会的报社派出最身强力壮的 C 先生前来采访。

他年轻、英俊、精力旺盛，他原本是做文体版面的，跟完球赛，还能继续跟进午夜的演唱会。每次女明星见到他便会心花怒放，什么私密消息都会不自觉流露。C 每次回办公室，都有满满一箩筐的奇闻逸事，

但他总觉得哪里不对劲，仿佛这都是出卖色相所得的。

这次临危受命，有机会报道社会新闻，他劲头很足，每天工作十二个钟头，随身携带录音笔，热情前所未有，跑现场，四处暗访，上衣和裤子口袋里各塞一支录音笔，被发现了摔坏在地上，即刻贴钱再买。

在接连几日半夜接到副主编的紧急传呼和进度查问后，他几乎疑心对方也是外星人了，都是作息与常人迥异，越到深夜就越精神旺盛。同事们已达成共识——"就算是克星人在他手下打工都会受不了"。

C 从房间里披了件薄外套，走到服务前台借电话。

没错，距离他未来入职星球报社还有些年头。现在他供稿的报社小到令人心酸，因为经费不足，他住的旅馆设备简陋，从外面看像黑店，里面也没有浴室和电话。

"喂？"他拨通电话。

"C，快放下手头上所有的事，现在去警局。"

"什么事？"C 望了望外面，已接近凌晨。

"W 集团的总裁和夫人遇害了！"

"啊？"C 将听筒夹在耳朵与肩膀处，从睡裤里掏出小笔记本，"什么时候？哪个区？"

"据称是在电影院门口……"

前台的两位女士盯着他健硕的肱二头肌，笑着窃窃私语。她们原本哈欠连天，现在看到帅哥后简直容光焕发，双眼发光。

C 挂掉电话，回去换了一套整洁的衣服跑了出去。

戈市的深夜，冰冷寂静，虚空如地狱。有零星的口哨声荡在半空，令人骇然。

C 不需要担心治安，也不用交通工具，他是克星人，做记者有天生的便利条件，眨眼间他就瞬移到了戈市的警局门口。

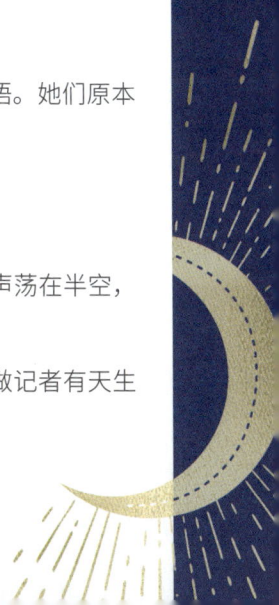

那是他第一次看到 B。

年纪尚幼，垂着睫毛站在门口，似乎在等人。他肩上披了一条围巾，那是一种徒劳的安慰，彰显出他是今夜的受害人。

C 走上前去。

"警长……"他看了看男孩身边那个警察的铭牌，"格登警长，我是 C，都会报社的，我想采访——"

警长神情肃穆，伸手挡住了他："现在不是好时机，我要送 W 集团的 B 少爷回去，明天早上我们会开新闻发布会的。"

"我明白。"C 善解人意道，但想再多努力一下。这种情境下其实记者与坏人无异，不顾脸面，也不顾他人的伤口。他继续道："警长，凶手是否已经控制住了？"

警长开口："先生，无可奉告，请不要妨碍公务。"

一个年轻的探员拿着一叠文书走过来，打断了对话。中年警长踱了几步，和探员在略远处说话，但他的眼神时不时看向 B，确认 B 在安全范围内。

绝佳时机，C 有短暂的几分钟时间可以和这个目睹谋杀案全程的孩子对话。

他蹲下来，语气亲切地问 B："你还好吗？"他讲完就后悔了。

是，人人碰面时都会微笑着问一句今天过得如何，回答无非是好极了，但这种寒暄在此刻显得极其不合时宜。

那男孩没有回答。

C 自责起来，他握住对方的肩膀："一切都会好起来的。"

这时他才发现男孩在小幅度地颤抖。

令人窒息的恐惧和绝望笼罩住了 B，但他还维持着表面的平静。那是灾难后的应激反应，此时负面情绪还在他神经的高速公路上奔突，尚未到达大脑皮层。但终有一天，男孩会放声哭出来，但不是眼下，现在他还撑得住。

C 发现他双手紧紧握着一瓶可乐，大约是在电影院买的，还没有打开过，他的双手呈现出一股用力扭曲的姿态。

"打不开吗？"C 伸出手，"我帮你。"

B 盯住 C，眼神冷峻，仿佛在巡视他的内心，审视他的灵魂。过了一会儿，B 将瓶子递给 C。

孩童很难打开的瓶盖对于 C 来讲打开得轻而易举，他旋开，递了回去。

B 捏住瓶盖慢慢旋转，有气体被放出来，轻微地"呲"了一声，像内心决堤的讯号，他突然悄无声息地流下两行眼泪。

C 震动，一时不知说什么才好。

他们背后有声音响起来："B 少爷。"

C 回头，是一个英俊的中年男人，穿着妥帖的三件套西装，从黑色的轿车里走了下来。

"阿弗——"男孩奔过去，埋进那男人的胸口。

C 盯着那辆黑色轿车遁入夜色中，此时这空旷的城市有一颗年轻破碎的心在驰骋。

这真算是一次失败的采访，他全程没有听到受访者回答一句话。

翌日，C 按时去警局报到，和其他记者一同坐在会议厅里记录发布会的内容。报道千篇一律，只有他在文章末尾加了一句：W 夫妇的儿子一直捏着他父母在电影院里给他买的那瓶可乐。

连责编都没有在意的一个细节，对 C 来讲至 W 关重要。

瓶盖旋开，气体被放出来的一刹，是那个男孩卸下防备的时刻。

## 02

下过雨的操场充盈着青草混合泥土的气味。

C 心不在焉地举着录音笔，和身边的人并排走着，眼神瞥着下方，悄悄将刚沾到鞋子边缘的泥土蹭到路沿上。

"我们学校最近在建设多媒体……"那人满脸堆着笑容，手臂挥舞着。

"先生，我是来找路瑟校董的，不是来听你介绍——"C 尴尬地做了个手势。

那人赔笑："校董的意思是，让我先带您参观一下校园，感受下……"

又是滔滔不绝的套话，C 自动屏蔽掉了那些已经印在宣传手册上的公关文。

这是戈市最大的私立贵族学校，占地面积大得惊人，设施昂贵齐全，在这里念书的小孩，家庭往上数三代都是贵族，新贵阶层还迈不过这道门槛。C 想象了一下开家长会的情景，可以说是小型国会与商业峰会。

他在五年后又到访了戈市，还是因为工作。

最近一桩丑闻曝光了路瑟校董与目前大热的议员之间的灰色交易，双方都是神通广大的人物，成功避开了系统的问责，但媒体抓着这件事迟迟不放。C 是来这里打探消息的，谁知道遇到这样难缠的公关人士。

一个飞来的足球解救了他。

他稳稳接住，四处张望了一下，扔回到球场上。

"谢了。"有几个男孩遥遥地喊了句，口音优美。

有钱家的小孩，踢足球时也穿着昂贵的校服，深蓝色针织衫，金色丝线描出校徽，还别着价值不菲的胸针。

C 被球场外的场景吸引了。几个男孩打成一团，在泥水里翻滚，旁边有个女孩想劝架，却劝不住，只能干着急。

"这，C 先生，请相信这并非我校的日常状况。"公关擦了一把额头的汗，"只是 B 少爷……他是大魔王。"

"B 少爷？"C 听来觉得熟悉，想了一会儿才反应过来，"你说 W 集团的 B？"

"对对对。"那人叠声道，"他老是惹祸。"

C又走近了几步，才辨认出，这根本不是在打群架，而是B在单挑好几个男生。

奇怪得很，C只见过他一次，还是在五年前，却一眼就认出了他。

那个长相漂亮，却从骨子里发着狠劲儿的男孩。那种狠，不是表面浮夸式的，而是带着一种冷感，漠然又颓废，还有着对自己生闷气的神态。

太独特了，以至于C忘记了去拉架，而是一直盯着他。

战斗总算结束了，那几个男生并没有占到什么便宜，骂骂咧咧地走了。

C转过身，说："先生，既然路瑟校董还要我再等一会儿，那我自己逛一会儿吧，你去忙你的。"

公关如蒙大赦。

C走了过去，递过纸巾。

"B。"他连名带姓地叫他，像对待一个成年人一般。

那少年拔节似的长高了许多，骨架端正，面容棱角分明。他斜着看C："你是谁？"

"我，"C本想说当年的事，但转头一想觉得不好，就简略地说，"我是都会的记者。"

"你来戈市干什么？"B用纸巾擦了擦手肘处的泥，"来采访我吗？"

C一愣，又哭笑不得。

少年又冷酷又老练，集团重任全压在他身上，像封建王朝里一个早熟的王子。

C思忖着，他大约也接受过不少采访吧。他笑着将错就错道："是，我是来采访你的。"

少年猛然伸出手，手掌朝上摊开："记者证。"

"什么？"

"我要看你的记者证。你是哪家媒体，我要记住，回去和我的管家阿弗说。"

C明白过来。

哪家集团没有随时待命的公关团队？采访小少爷，自然可以，但稿件要上交，审核后才可以发，每个媒体都要登记在列。当然不可以有"在学校里打群架的混世大魔王"这类的描述流出。

　　C不自觉感慨："你可以无法无天，因为W集团就像戈市的小王国。"

　　少年瞪住他，像受了莫名侮辱。

　　一直站在后面的女孩跨了一步过来："不，他在帮我。那些男生老是骚扰我。"

　　噢，这是新鲜事。C饶有兴趣地看向B。

　　少年没有想多解释，侧过头问女生："麦琪，你还好吗？"

　　C下意识地默念了一遍这个名字。

　　即使他有超能力，也无法预见到这个名字在未来的数十年来会反复纠缠着B，最终导致了他一次不小的精神崩溃。

　　"我没事。我等会儿有课，我要先走。"她恋恋不舍地道别，"B，你也要没事才好。"

　　好笑，青春期的男孩女孩牵挂彼此，程度有如末日来临般沉重。

　　C伺机坐下来，在花坛边上晃着双腿："你喜欢以暴制暴？"

　　"否则以什么制暴？以微笑？以眼泪？"B回头看他，语气坚定，像在阐述一件最理所当然的事，C看出他眼神中有隐秘的轻蔑。

　　这是个危险暴戾的男孩子，但又好像掌握了世间真理般虔诚而笃定。

✦✦<br>03<br>✦✦

　　当名人真的不易。

　　在网球场上连战数小时，汗流浃背，体力透支，不舒服极了。一个反手挥拍，观众席爆发出欢呼声。戴安娜向空中挥拳庆祝，肌肉紧绷线条优雅。

网球是一项运动，也具有审美功能。

她要与对手大度拥抱，上台致辞，将沉重的奖杯举到头顶几十秒，以供记者拍照，然后方可下台休息，换了衣服出来，还有一场星球报社的专访。想当网球界一姐可不容易。

年轻的记者已等在休息间。

"戴安娜，恭喜。"他站起来，黑框眼镜下是一双漂亮的蓝眼睛，"我叫 C，星球报社体育部的。"

"见到你很高兴，C 先生。"握手时极其有力的手腕，彰显出她的自信。

C 并没有翻开采访提纲，而是在坐回凳子的过程中故作不经意地提问，仿佛这只是一个闲聊："听说你和 W 集团的少爷复合了？"

她大笑："分手就是分手，我从不回头。"

C 迅速道："所以你跟他真的在一起过，是不是？多久？"

戴安娜瞪大眼睛："星球报社的记者都如你这般狡诈吗？"

C 不居功："这个问题是我的女友露丝想知道的。"他单手举起采访本，"事实上，这根本不在我的提纲内，我只会问乏味的专业问题。"

美得凌厉的女网球手挑着细眉等他说下去。

"她在娱乐部，成天面对伪装成性的娱乐明星，这些狡诈的问题对她来讲易如反掌，睡梦中她都可倒背如流。"C 笑道。

合理的解释，也十分有趣。

戴安娜两腿交叠，饶有兴致地看着对方："那你为什么要替她提问？"

"现在一切都娱乐化。"C 无奈耸肩，"人们不关心议会提案，只想知道议员的私生活如何。运动员也如此，你和 B 约会，这能上头条。如果只报道你夺冠，顶多在体育版的右下角。这是娱乐至死的年代。"

"悲哀的论调。"戴安娜大笑着下定断，"运动员的生活本来就十分单调，我们训练，休息，上场比赛，如此乏善可陈，除非你想报道我如何练八块腹肌。"

C 词穷了。她说得没错，人们想知道她的私生活，是因为她在镜头下的形象足够完美，毫无想象空间。

她继续道："既然如此，我倒是很愿意和你聊聊 B。"

"是吗？" C 诧异道。

"对。"戴安娜换了一个舒服的姿势，"他才十九岁，你知道吧？但有时候我觉得他已经九十岁了。"

C 踌躇着，不知道该往笔记本里记些什么。前几页都是比赛战略分析图，忽然要他记下一个十九岁纨绔子弟的人生，他竟不知道从何下笔。

"我二十多岁，媒体总揣测我是不是有姐弟恋情结，喜欢和比我小的男生拍拖，并不是。B，他与十九岁毫无关系，他沉着冷静，愤世嫉俗，有一套自己的观念。他很强悍，说到'强悍'，你一定觉得从我嘴里说出这个词很古怪吧，明明我才是那个强悍的人。但那只是表面的——"她童心未泯地撩开短袖展示肱二头肌，"我是说他的内心很强悍，没有人能动摇得了他的是非观，他在自己的道路上行走，我想不出谁能让他迈出那轨道一分一毫。"

C 顿住了，他惊诧于对方敏锐的观察。好像从来没有人这样描述过 B。

公众印象里他什么样？年轻，英俊，家财万贯，随心所欲，被拍到的照片，总是面无表情，明明还穿着校园制服，一副青涩清瘦模样，但身边不乏各色各样的人，想挤入同框，他不干涉，仿佛那些围着他的粗鄙之人是他行世的盔甲。

在当代，人人都以为他们知道 B 是什么样，但真要回想起来，却发觉脑海中的他面容模糊，同所有戈市的富二代一样。

那些词汇，可以套到任何人身上。

原来人类根本没有了解一个陌生人的真诚欲望，媒体建构的虚拟人格就足够了，因为那样简单，黑白分明，可被快速解构，吸收，服帖地进入你的价值体系。

但 B 是灰色的。

C 内心震动了。

"他是一个捉摸不透的人。我这么说可不是因为我没见过世面，我约会过很多不同的人。"戴安娜狡黠一笑，"我去过几次他的私人宴会，就在 W 庄园，人并不多，但他依旧只在角落里喝酒，或者干脆站在二楼冷眼看那群人。他拥有一切，我是说——但他对这个世界竟有这样大的敌意，疏离极了。

"我是和他相反的人，我喜欢交际。末了他问我，'我以为你会不喜欢这种交际场合'，我回他，'认识陌生人让我兴奋'。那时候我知道我和他完了。他感知到我身上的那股能量了，而他只有能量的反面。他吞噬不了我，我也鼓舞不了他。

"他是很好的人，我总觉得我好像讲得太片面了。有一次酒会结束后，他送我出去，有个小报记者下作，想拍我走光的画面，被他抓到，摔了相机。"

C 挑挑眉毛，表示他不意外。

"但我后来听说，他又让管家阿弗赔了一台相机给那人。"

"是吗？"C 有点诧异。

"还没完。"戴安娜道，"但那台相机上镀了一行醒目的金字——'这台相机的主人会偷拍女士的裙底。'"

是，这就是他了。C 捏住了手里的笔，这是 B 的正义感。

B 少爷，自八岁起成为这个世界的受害者，他目睹过黑暗，便有了自建一套专属的正义体系的权力。

他在这套体系里是这么如鱼得水，C 想着，他现在还这么年轻，单薄，但他已经在积蓄自己的能量了，也许有一天，他会悄无声息地向这个世界重拳推出他的体系。

C 盯牢眼前这个聪明又活力四射的女性："那么你为什么和他分手？"

"老实讲——"戴安娜犹豫了一会儿，"我总觉得，他最终会自我毁灭的。C 先生，你觉得呢？"

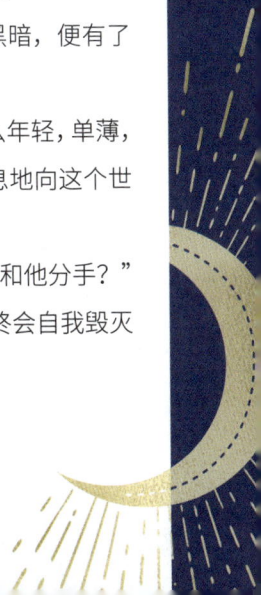

## 04

今年最大的新闻，B 回归戈市，字面上的意思。

他在大众视线里消失了几年，大学学籍尚存，但出勤率已降到零。夜店没有他的踪影，所有单身名媛都知道 W 集团的 B 少爷退出了夜场，她们变得兴趣索然，因为游戏失去了最难的关牌。

C 用胳膊肘碰露丝："看，是 B。"

那富有的年轻人从黑色加长轿车里迈下来，尖头皮鞋尚未着地，已经被噼里啪啦的闪光灯包围。

露丝含蓄地翻了个白眼："C，我看电视。"

"什么？"

"我当然知道 B 长什么样子。"

C 愣了一下，尴尬地微笑。

十分奇怪，自己总觉得和对方格外熟稔，程度之深，是可以从人群中一眼挑出来然后兴致勃勃地引荐给其他人的——"喂，这是 B。"别人一定奇怪地望他，心想我们当然知道他，但 C 会想着——"但你不了解他。"

太莫名其妙了，他明明也只见过 B 两次，竟会觉得他们相熟已久。如果你也曾与八岁的他打过照面——

C 一通胡思乱想，露丝已经找到了新目标，指挥着摄像团队："快，路瑟来了——"

她踩着三寸细高跟奔过去，将话筒伸至路瑟的下巴边。其他记者也纷纷跟上，一时间路瑟的尖下巴已经被一圈电视台台标包围。

这几年大家变化多多，露丝已成了都会电视台的记者，而 C 也与她分手一段时间了。成人世界，诸多变动，描绘不易，其中的复杂微妙最终也只化为一句说来话长而已。

C 只记得露丝唯一一次对他大发雷霆，是都会连降暴雨导致城区发

洪水的那年。

彼时露丝刚刚跳槽到电视台，未站稳脚跟，急于表现实力。新人出外景，连摄影团队都没有，她一手扛着摄像机一手拿着话筒，毅然踩进积水里做报道，C下班就后来支援她，替她扛摄像机。

本来一切顺利，直播至一半，狂风大作，远处一棵树被吹得摇摇欲坠，而站在屋顶求援的一家人却没有意识到头顶的危险，C扔下摄像头就冲过去救人。

结果可想而知，露丝还毫无感知地在做访问，电视台已黑屏一片。

第一次外景就断线，数万块的设备也因进水发生故障了。

等回过神来，露丝气到顿足："你起码先跟我讲一声！这是直播，不是平面媒体写报道，可以随时按暂停！"

C又无辜又困惑："但那家人有危险。"

"我们是记者，负责记录，而非救灾。C先生，现在社会发达，术业有专攻，你知道吗？"

C不语。

"你见过那张著名的非洲秃鹫与幼童的新闻照片吗？赶走秃鹫，画面的冲击力就锐减了。记者要承担的最大风险，就是利用只一秒的时间按下快门留住永恒。"

C忍不住反驳："就我所知，那个摄影记者最后因舆论轻生了。"

"人们总忽略社会分工。新闻记者一人面向全世界受众，我们挑选有影响力的大事件报道，如果进行一对一营救，恐怕连克星人都没法做到。"

C一愣。他知道辩不过伶牙俐齿的露丝，也明白普通人类自降生起就认识自身的局限性，每个人弱点多多，会病会死，不能容颜永驻，不能伤口自愈，头疼烦恼的事情数不胜数，自救都不暇，拯救他人更不是责任范畴内的事了，交给"克星人"才是社会共识。

但他还是忍不住说："露丝，如果普通人走在路上，看到陌生人受到侵害，譬如被围殴，或居民房起火，他只是停下来拍照或录像，事后

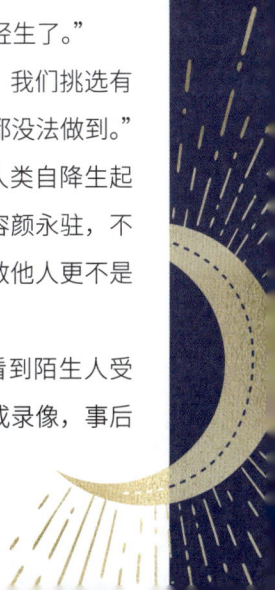

一定会被谴责为见死不救。但如果那个人是记者，倒仿佛有了这样袖手旁观的权力。可是你有没有想过，记者首先是个人，职业并不能带来任何豁免权，我们每个人都对罪恶负有责任。"

他讲完了，等露丝的反驳，但对方却沉默了一会儿。

然后她开口道："C，也许你是对的。"

C 有点意外，在他与露丝的恋爱史里，他从没有说服过露丝的记录。

他平复下来，明白露丝刚跳槽，野心勃勃却得不到赏识，心情不佳所以心态失衡。如果他们位置互换，露丝多半也会放下摄像头去救人。

露丝的眼神游移了一下，仿佛在搜寻大脑中的翔实论据，或即兴妙语，但无果，只能艰难开口："C，以前我会觉得你是来自未来的人，不知道为什么。但现在我又觉得你那么守旧传统，好像时刻背负着原罪。"

C 哭笑不得。

露丝继续道："我总觉得我的品质配不上你。世界上有人配得上你吗？如果哪天你结婚，请一定给我寄请帖，我想去看看那位新娘是何方神圣，完全的光明，彻底的无私。"

C 瞠目结舌，这真是新闻界奇女子才能想得出的分手宣言。

他正欲开口，却被对方打断。

"也许不是新娘。干什么，C，别用这副表情看我，现在社会风气开放。"她笑着捶了 C 一拳，不是装模作样，而是真有力道，像疏解她内心的惆怅，"又也许，那个人是你的反义词，黑暗冷酷，谁知道呢？反正不是我。我是城市中最普通的一员，只想着领薪水。"

他们以拥抱告别，从此是至交好友。

此时露丝已带着摄像团队冲锋陷阵，向路瑟发起进攻，C 也只能另找事做。

大厅一片混乱，在人头攒动的晚宴找到 B 的踪影，十分困难。

好在他记起当年采访戴安娜的对话，她说 B 喜欢站在二楼看着喧哗

的人群，于是他握着相机走到二楼。

踏上厚厚的隔音地毯他才觉得不对劲，原来二楼是贵宾宾馆房间，前台小姐拦住了他。

"我是星球报社的记者，约了 B 少爷的专访。"他拿出记者证。老实诚恳如他，在新闻界锻炼数年也学会了直达事件核心。

大概是看他长得正气凛然，前台小姐认定这样的人不会有任何不轨的举动，竟直接报数："202，总统套房。"

"谢谢。"

他敲门，门一打开，C 的开场白全部"胎死腹中"，因为 B 只围着浴巾。

"对不起——"C 第一反应是要拉回门，倒被对方挡住。

"你是谁？"B 道，"我以为是阿弗。"

"我是星球报社的记者，我叫 C。我们以前见过。"最后一句声音轻了下去，仿佛也不指望对方记得。

"我见过太多人了，C 先生。你长得没什么特色，像每个肥皂剧里红不起来的男主角。"B 满不在乎地踱回房间，但没有关门的意思，"我和你有约采访吗？"

"没有，我只是——"他停住了，因为看到房间里走出一个年轻女人，同 B 拥抱，她侧过脸，非常眼熟。

"麦琪。"C 脱口而出。

房间里的一对璧人双双困惑回眸。

"对不起。"C 又道歉，他觉得他今天道歉的次数未免有点儿多了。

女生对 B 轻声说了几句话，就走出门口了。她已比当年那瘦弱苍白的小女孩漂亮许多。

"请坐吧，C 先生。"那年轻的集团之子懒散地靠在羊毛沙发上，光着双脚，"有什么想问的？"

C 正襟危坐，将采访本放在膝盖上："这几年你去了哪里？"

对方正在往高脚酒杯里倒酒的手停住了，用玻璃瓶敲了敲杯口，"叮

咚"作响，像一个提示音："不及格。你不问刚刚那位女性与我的关系？"

"不是所有记者都关心花边新闻，个人隐私的。"C 平稳回答。

"那我这几年去了哪里，不也属于个人隐私？"

"作为戈市巨头集团的总裁，旗下子公司有倒闭的，有丑闻不断的，董事会连年变动，你却失踪几年，所有事务都交由管家打理，这些难道不该是市民该关心的吗？"

B 先是感叹，又无声笑起来："C 先生，你对我这样苛刻。和我同龄的年轻人还在为下周的毕业论文烦恼，你却把这世上所有坏事都怪到我头上。"

C 语塞。

是，眼前的 B 只是一个二十岁出头的年轻人，皮肤光滑紧实，吹弹可破，左脸颊尚存一颗青春痘。

"你是不是觉得我太不在乎这些了？这些你看起来很紧要的东西，在我看来排不上优先级。抱歉。"他举起酒杯喝了一口，透过酒红色的液体凝视着 C，"如果你认识过去的我，就会原谅现在的我。"

这句话未免太感性了，简直是落魄女明星才会讲的金句。

C 有些慨叹，他鬼使神差地走到二楼来，采访是假，想看看 B 现在过得怎样是真。自从与八岁的他第一次照面，C 就觉得自己好似进入了一个漫长的社会实验，他想看看遭遇这样不幸的人，最终会长成什么样。

原来没有例外，那创伤永远都在。

"你童年的遭遇，我很抱歉，但命运始终掌握在自己手中。"

"天哪，我第一听说还有人相信事在人为。"B 大笑，用双手拢成正方形贴到眼睛处，"你是活体标本吗？"

"性格决定命运。"C 耐心道。他想，对方真的是太玩世不恭，颓废漠然，才会令他放任至此。

"没错，但性格又由什么决定？"B 站起来，"命运！你的性格，是由你的基因，你的原生家庭和你在幼年遭遇的人与事塑造而成的。而这

些，全由命运决定，不由得你。奇妙吗？无解的闭环。那些重罪嫌疑犯，半数以上都有家族精神病史，父亲酗酒，母亲堕落，简直是统一的模板，原来他们自出生开始就没有一点机会走上正常道路。"

这采访没法进行了。

C想当场撕碎记者证与邀请函，从二楼冲到房顶，击穿无数天花板，然后一跃而下，纾解愤恨。他遇到的人，一个比一个能言善道。

"所以，你这几年到底去了哪里？"他自暴自弃地绕回来。

"我去了亚洲学武术、拳击……"他从落地窗转身过来，"是麦琪把我捡回来的。那时我状态奇差，肋骨断了好几根，躺在医院里，唯一的娱乐是盯着天花板的风扇。"

C一愣，没有想到他这么诚实。

在B心中，比集团生意、城市建设、市民更重要的是……锻炼体魄吗？

C思忖了一会儿，觉得在情理之中。大多数人觉得这世上赚钱出风头最重要，但B早就富可敌国了，所以名利并不会在他的愿望清单之列。因他从小目睹过暴力犯罪，竟觉得维持性命最重要。C有些为他感到心酸，却再想不到B少爷其实想的是更远的事情，此刻距离黑暗骑士的问世还有几年时间。

C一时无话，憋出一句："所以麦琪是你女朋友吗？"

B斜着眉毛看他，仿佛觉得对面男人的逻辑思维不可思议。

"还不是。"他淡淡道，"她今天是来帮她男朋友竞选议员拉资金的。"

还不是？！C心里大叹，B真是内心强悍的人。还不是——但总有一天会是的，理所当然与势在必得的神气。

C摇头笑起来，从本子上撕下一张纸，写了几笔，递过去。

"这是什么？"B皱眉道，并没有拿。

"我家的地址。"C直视他，"等你们订婚，请寄请帖给我。如果是与其他女性，就不用了。"

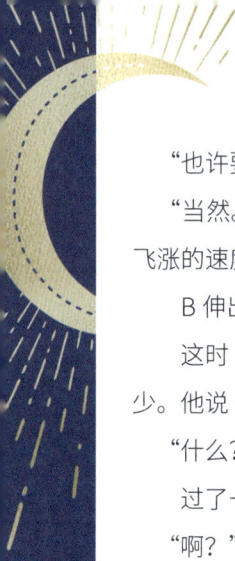

"也许要历经十八年，你等得起吗？"

"当然。"C舒展双臂，"新闻业潦倒，B先生，我的工资赶不上物价飞涨的速度，十八年后我还会在这间出租房里。"

B伸出手收下了。他开始觉得对方是一个有趣得势均力敌的人。

这时C才发现对方确实壮硕了许多，侧面看过去，整个人宽厚了不少。他说："看得出你练得很用心。"

"什么？"B把纸放进口袋里，抬起头，"噢。"

过了一会儿他道："想和我比画一下吗？"

"啊？"

不对。气氛不对，场合不对，哪里都不对。

C虽然是外星人，但也知道地球规则，在五星酒店的总统套房里，作为一个记者，和只围着浴巾的采访对象进行散打活动，是不合逻辑的。

但当他反应过来的时候，他们已经交手了数个回合了，起码，那个玻璃茶几已经碎了一地了，镜子即将是第二个受害者。

总统套房的盥洗室大而宽敞，但C确定这应该是别有用途，而非供两个身强力壮的成年男子搏斗。

他用腿制住B的腰部，令他无法动弹，但自己的喉咙也被对方绕住，两人不分上下。

"不用百分之百的实力，是对对手的轻蔑……"年轻的B少爷大口喘着气，额发湿漉漉地震颤，"但是……如果你用了，我大概已经死了吧。克星人先生。"

C惊诧，眼镜不知被甩到了何处，他下意识地松了力气。

那聪明的年轻人趁机挣脱了钳制，膝盖跪过来，靠近了C。

距离太近，C的大脑拉响了震耳欲聋的警报声。但始作俑者还未停止，伸出右手，穿过他的额发，轻轻绕了个圈。

"唔，更像了。"他用气声道，像一次越界的挑衅。

"你——"C气恼，将他双手的反制，"别胡说，我才不是。"

"C先生，这真是十分有信服力的论述，加上我快要骨裂的手腕，更有信服力了。"英俊而面无表情的青年在地毯上躺着，双手被扣在两侧，但丝毫不惊慌，而是用带着一股邪气的眼神看着他。

"少爷，你的西……"阿弗此刻才登场，然后在盥洗室门口的十公分开外精准地停下脚步。

"啊，我的西装。"

C窘迫地松开双手，看着躺着的男人，双眼亮闪闪地望着他的管家，仿佛什么也没发生。

## 05

第一声响雷在天际炸开的时候，C刚躲进一家花店。细密的雨水在下一秒就洒下，把整座城市好似罩在汩汩流动的"网"中。

店面不大，他撞到了一个人。

"抱歉——呃，阿弗？"

那个被撞到的男人转过头来。

"C先生。"他怀里抱着一捧花。

"你还记得我？"C有点诧异。

"当然，少爷的朋友我都记得。"阿弗回过头，将收据上的签名写完。

朋友，C听到这个词，他和B会成为朋友绝对是意料之外的事情。

从什么时候开始的？先是应邀参加B的拳击练习会，变成他的私人助教？也谈不上，只是空闲时和他比画两下，不收费，鲜有交流，两个人在擂台上打了一会儿，空气里只有此起彼伏的喘气声，他们大汗淋漓，双双静默，躺在地上不说话，也没有觉得尴尬。B还是年轻些，幼稚地伸出手又要勾他的刘海，被他打开。

戈市有全新最高楼建成，C去做了采访，末了被公关小姐请去最顶

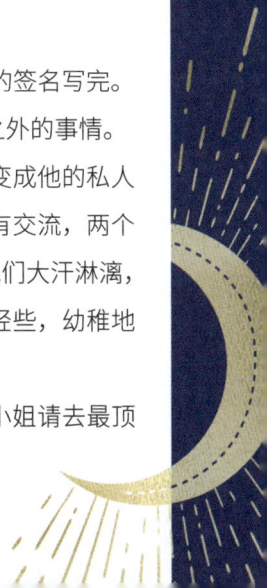

楼看风景，他觉得十分漂亮，在报道末尾盛赞几笔，又打电话邀请 B 周末一起去顶楼观夜景。

这邀约实则古怪得很，像囊中羞涩的高中男生约同级女生。但 C 没有意识到，他只是觉得近日无聊。

他对 B 说："聚会时你不是喜欢站在楼上看下面吗？"

这样的推理也是少见。

B 在电话里答他："我只是想看哪个合作伙伴最近有秃顶的征兆。"

莫名其妙的对话，但 B 最后还是赴约了。

等两个人坐玻璃直升梯上到最高楼，C 才觉得哪里不对劲。整栋楼空无一人，观景台更是安静。

"没人？" C 迈出电梯口，"平日里这里人多到——"

"噢，我今天早上让阿弗关闭了这栋楼。"

"什么？"

"所有办公间停工一天，观景台停售门票。" B 双手插在运动裤口袋。

他没有做足功课，这栋楼是 W 集团的子公司所有。商业结构太纷繁复杂，明明看起来毫无关联的企业名字，查到最后都是 W 集团控股。C 是文体新闻出身，商业报道并非他的强项，他顿时傻眼了。

"那你早就来过？"

"没有。只见过设计图纸。"

小记者勉强舒了一口气。

天与地之间的距离似乎无法用肉眼测量精准。从地面上看起来高耸入云的建筑，在最高层看，离夜空却还有无尽的距离。

黑色丝绒布中的碎钻洒到地面。工业文明如此发达，夜晚亮如白昼。视线所及的每个光点，背后都有波澜壮阔的故事。

"这个城市好亮。" C 由衷感慨。

B 望着他的侧脸："但我看到更大面积的是黑暗。"

这是事实，也是他们之间的差异。

"黑暗之中就会有罪恶。" B 靠在透明玻璃屏上，"你怎么救人？"

"我会听到在意的人的求救声。" C 如实道。母亲、露丝，他都能第一时间感应到。

旁边的人没了声响。

C 侧过身："怎么？"

"我，" B 笑道，"我刚刚在心里疾呼。"

C 怔怔地，看着对方突然不知从哪里掏出一把钥匙，打开观景台的紧急出口，强劲的冷风倏忽贯穿整个平台，B 将脚伸了出去。

C 伸手道："你做——"

话未完，那个人就消失在夜色中。

下一秒，C 已经拽住对方，他们悬空在本市最高楼的正面。

"你疯了？" C 叫道。

B 大笑，像首次坐过山车的青少年："原来被拯救是这种感觉。"

"什么？"

"能不能再飞高一点？"

C 无奈："再高的话，氧气对你来说太稀薄了。"

"所以我们还是不一样的，是不是？"

这是太显而易见的答案了，所以也没人填上那空落落的问号。

"你是不老不死的吗？"

这是那个夜晚的最后一句话吗？

C 的回忆突然被花店老板的收音机声音打断了。是美社的新闻直播，柏林墙倒了，德国回归成一体。女记者的声音听起来很熟悉，是露丝，她终于被委以重任。

C 回过神来："你来买花？"

阿弗将包装抚平："是，这是麦琪小姐最喜欢的花。少爷又要向她求婚了。"

"啊？又要？"

"是啊，百折不挠，这次已经是第五次了。"

C 哑然，这人真是势在必得，麦琪也令人敬佩。如果是其他女性，恐怕早已尖叫着接受了。

他向阿弗道别："如果成功了，请别忘记给我发封请帖。"

"我深深怀疑是否会有这么一天，C 先生，再会。"那英国老牌绅士欠了欠身，打开门离开。

C 回到家，答录机上已经有露丝的留言了。他回拨过去，女生在听筒里对他大叫："C，我见证了历史！"

"我知道你一定可以。对了，这段时间会很乱，你要注意安全。"

"知道啦，婆婆妈妈的。"

"露丝，我碰到了难题，没有你在身边，我有困惑都不能解。"

聪明伶俐的女生直接回复他："好了，什么问题？"

"前段时间我查到路瑟集团雇佣非法移民，低薪水，生产环境奇差，有好多人因无防护措施而得病，还有人死亡。"

"嗯，所以呢？"

"我报道了那个死者的故事，他父母还在 A 国，报道后他们受到了关注，有许多读者向他们捐钱。"

"听到目前为止是好事。"

"但我后来发现他父母靠此敛财，编撰了很多故事，博取同情。他家还有一个儿子，依旧不送他去念书，而是让他打黑工。露丝，这对父母不及格，他们儿子的死，他们也有负一定责任，但现在他们反而因此受益。"

"我们不做道德判断。"

"但我觉得自己在助纣为虐。"

"新闻，记者负责报道前半段，后半段，只能靠人性自然演化。"

"人性是不是都这么不堪？"

"大多数人经不起审视，C，别把人类想太完美，我觉得你有此倾向。越默默无闻被压迫的人，越容易在有镁光灯打在身上时举止怪异，姿态

难看。社会实验中，被实验人知道自己被观看，和不知道自己被观看，表现大不相同。"

"露丝，你对这社会现状适应良好。"

"因为我也是芸芸众生中的一员，我也有黑暗面。C，找点自己的黑暗面吧。"

这真是极其与众不同的建议。

"还有什么事？"

"没有了。"

"听语气我就知道你还有事，不愿意说也没关系，下周见。"

挂掉电话，C 从冰箱拿了一瓶啤酒，许久没有旋开。冷气在灯管的照耀下从冰箱里面横蹿出来，团团围绕住他。

想不清楚为什么，知道了 B 的求婚计划，他有些低落。C 想，可能是因为他知道对方又会失败吧。

他看不得别人失败，提前为 B 失望。

又工作了几年，C 被派去报道战争，成了最不怕死的战地记者，深入前线都能神奇生还，发回最危险的情报，顺便救了无数民众。

返回都会的时候 C 已经面色黝黑，胡子拉碴。

他在吃饭，电话响起，致电的还是他最忠实的战友露丝小姐。

"你终于回来了！"她道，"与世隔绝这么久，感觉怎么样？"

"想念公寓的充沛供水，快餐原来也没有那么难以下咽。"

露丝短暂地哼了一声："你不在的这段日子，我们这里可是出了大事。"

"你说黑暗骑士？"

"原来你知道。克星人不见了，黑暗骑士来了。我以前看电影，只知道反派会更迭，原来主角也有任期。"

C 皱眉。他也是才知道黑暗骑士这回事，在回来的路上，计程车司机讲了一路，司机俨然把他当成了从原始森林归来的可怜人。

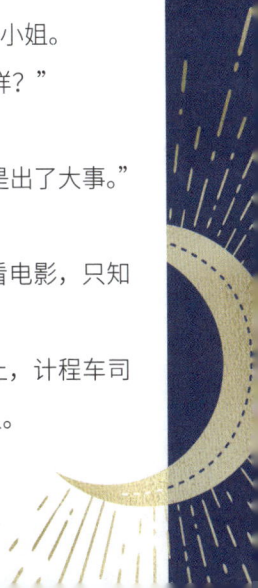

"他和克星人行事做派可不太一样。"露丝滔滔不绝，"他会给犯人胸口打蝙蝠烙印，像种仪式。司法部门不太乐意，好像代他们行使了什么职责似的，这种跨权……"

C 怔怔地，不知为何突然想起十年前采访戴安娜的情景，她说年仅十九岁的 B 已知道怎么羞辱记者，在相机上刻上"这位相机主人会偷拍女士的裙底"。

同样是烙印，但性质相差甚远。

C 不知道为什么自己会想到那么久远的事。

"对了，还有一件大事，刚发生，你知不知道？"露丝想帮他补齐所有他缺位都会时的事。

"什么？你与制片人订婚了？"

"欸，这你都知道了？"露丝诧异，"不是这件。我的事，怎么会算是大事。"她胸怀天下，从不以自我为中心。

"那是什么？"C 换了个姿势躺在沙发上。

"你记得麦琪吗？就是 B 的青梅竹马。"

"当然。"

"她死了。"

## 06

昨夜的雨似乎集中落在那片草坪。

这里静谧得不像话，如果不是凌空的云雀扑扇翅膀留下一串尾音，C 会以为自己走进了一幅画中。

他的鞋上沾满了泥土，眼前的色泽也愈加深重。化不开的笔调，色块郁结，心情凝重。

远处驻着一块黑色的墓碑，镀金字刚刚刻上，附近的草地有些许的

隆起，是刚刚开掘的痕迹，因为连日雨水的浸泡，显得柔软湿润。

C 看到那个人站在那里。

熟悉的背影，肃穆全黑的西装，旁边有人在几步开外的地方撑着一把黑伞，手臂斜举着，盖过他的头顶。

B 已经二十九岁了，突然变得一无所有。或者是……再次变得一无所有。

时间碾过了他，没有给他留下任何馈赠。

C 走上前去。

"B。"

那人缓缓转过来，面无表情。他僵硬、茫然、不知所措，像被生活用重拳击得缓不过神来。悲痛到极点，会连表达情绪的系统都被摧毁。

"C，"B 抬头看他，语气悲哀，"我二十九岁了，但我现在又要重新开始。"

C 握紧双手，他不知道 B 在这里站了多久，B 仿佛已和这片墓地的草坪融为一体，无色无味，渐趋透明。他能闻到对方身上的草腥气，而非平日惯用的奢侈品牌香水。用气味来定义一个人，此刻的 B 不再富有、矜贵、高高在上，而是有着最朴实的悲恸，贴近大地，疲倦而失意。

"是世界上所有人都这么倒霉？还是只有我？"B 拉扯出一个自嘲的笑容，像是灵魂出窍，脱开了自身的立场，站在旁观的角度看整件事。可笑可悲，又无可奈何。

"我很抱歉。"

B 低头迈步离开那墓碑，旁边撑伞的下属跟着他，他无声地挥了挥手，那人便离开了。

"如果你需要我……"C 做了离开的示意手势。

"不，不要。"B 飞快地打断他，像是一个孩童请求的口吻，"如果你不介意，愿不愿意陪我走一段？"

"当然愿意。"C 跟上来。

——在这墓地，或是未来人生，都愿意。

墓地极大，界限以外的左侧是别墅区，木雕窗户，矮篱笆，有大型犬围着喷水装置玩闹。右边是氤氲的海，模糊了天与地的边界，呈现一条若隐若现的直线。

"小丑谋杀了她？"C 踌躇地开口。

"你是来采访我？"

"不，不是。"C 紧张到打结，"我是以朋友的身份……"

"是也没关系。"B 顿了顿，"你是记者，这是头条新闻，你只是在做分内事。人人都有好奇心。我知道现在众说纷纭，无数奇异的理论，杜撰的解释，都在竞相争取读者的注意力。"

B 将一块石子踢到旁边："有人说是我杀了她，因为苦追多年未果。多妙。如果由你报道，我相信你的公正，不会令我堕入桃色小报为我量身定做的恶俗角色。"

"老天，怎么有人敢这么胡乱揣测你？"C 震惊。

"误解名人，是公众的日常娱乐，毫无成本，也无代价。被人误解则是我在这社会的职责。"

"那真相到底是什么？"

"小丑绑架了她的男朋友，她去解救他。"B 用寥寥数语概括。

但她对小丑有何价值？为什么最后黑暗骑士会出手搭救？

C 心中一团疑惑，但已决定不再发问。

其实 C 在进墓园前已经看到门口围了一圈记者，但都被拦下了，只有他一个人进来了。

有人认出了他："这是星球报社的记者，怎么他可以进我们不行？"

阿弗伸出手将门关上："他是 B 少爷的朋友。"

刨根问底，追究到底，原来这些采访的技能只对陌生人可行，面对自己在意的人，会口腔酸涩，胸腔轰鸣，根本无法言语。

B 继续道："所以他不能来，他永生永世都不能来看她的墓碑。"

C 反应了一会儿，才明白过来"他"指的是麦琪的男朋友。

"为什么？"

"为了惩罚他。"B 坦然地说出一个不怎么磊落的答案。

C 诧异。

"为了什么？我的朋友，你真的是这么无私正义，还是只是在拿我开心？"B 注视着他，"因为我恨他，我嫉妒他。"

"但这一切也不是他的错，他是好人。"

"我知道，但我想我有痛恨好人的权力。"B 烦躁道，"我是这样不可理喻的人，令你失望了吗？"

"不，"C 平静道，"我理解你。"

"你不理解，你不会理解。"B 笑了，像宽容一个幼稚园的孩童，"你以为我伤心过度，暂时丧失了理智，就像每个失去挚友的普通人一样。无私的人无法理解自私的人，光明无法理解黑暗。

"我自小认识她，帮助她，看到她受难我会出手相救，旁人以为是我单方面的付出，其实我索取的更多——我向她投射性格的黑暗面。常人之间的关系难道不是能量的交换与流动吗？但我和她之间，只有我的单向输出。因为她是人格健全身心无二的人，她在这社会可以任意找到朋友交心，而我却只有她一个。我赖住她了，我擒住她了，她变成我沉重人生的唯一承接者。多可悲，于我，于她，都是。

"我一点点地测试她的心理底线——如果她能宽容我，我就知道这行为可在世上通行；那行为会令她显示出恐惧或不满，我就知道不可在常人面前流露。我通过她这唯一的一扇窗户去打量正常的世界，去衡量正常人对我的容忍程度。

"旁人看来，麦琪于我来说是知心挚友，是得不到的爱侣，但我自己知道，她其实是我从小灌溉的玫瑰。她对我来说意义重大，仅仅因为我的前半生花费所有力量去塑造她，她的人生有深刻的 B 的烙印，她是我全部人生的目击证人。而人生只能有一次培养这样的人的机会。现在她死了，你知道这对我来讲意味着什么？世界上再没有我从小培养起来

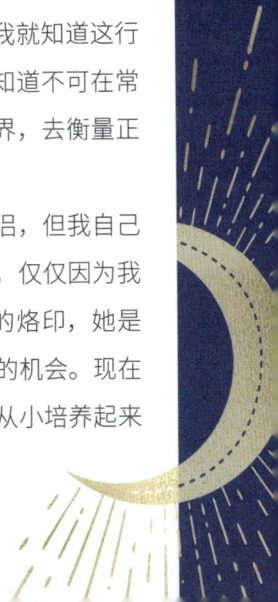

的理解我的人了。我羡慕你们寻常人，可以轻易理解对方。录像店里有一百盘电影录像带，唱片店里有一千张唱片。小说、流行歌曲，好像都能代你们讲出心声，你们是这么不匮乏理解。可我不行……

"我终其一生也只能处心积虑培养一个理解我的人罢了。

"我令你害怕了吧。我是这么自私，这么孤独，这么姿态可怖。所以你明白为什么麦琪一次又一次拒绝我的求婚吗？她知道自己被我攥住了。这听起来令我像个罪犯，但我也是受害者。在这段关系中，毫无选择权的人是我，因为被爱的人才永远有机会喊停。

"我恨她的男朋友，那个阳光乐观的人，因为他完全是我的反义词。当我的玫瑰选择了与我截然相反的人，我就知道所有的灌溉都是徒劳。她的转身于我是一记耳光，告诉我，尽管她理解我，却依旧无法爱我。我自年少时为自己建立的正当性，被摧毁了。你知道这件事有多可怕吗？一个人，总将不被爱的理由归咎于不被理解。当他发现自己分明被别人理解了之后，依旧判定不值得被爱——"

黄昏的清风吹向他，令人惆怅的气息。寡淡的天空遥远迷离，一只大雁从头顶飞过，在视线的尽头隐没成一抹含糊不清的深色。

"当你说你理解我的时候，我很感激。但事实是，你谅解我，但你永远无法理解我。"B 淡淡地收尾。

C 静静地听完所有话，沉默得如一尊希腊神像。

夕阳落下了，整个世界在褪色。

"B，"C 开口，"哭一下吧。"

"什么？"他诧异，几乎以为自己听错了。讲了这么骇人听闻的故事，他猜测对方会转身就跑，但回复他的竟然是这样一句轻巧答案。

"我说，哭一场吧。不要再笑了，不要再假装坚强了。这世界上没有人想看你难看的假笑，难看极了，真的。"C 注视着他，张开双臂。

B 走上前一步："这太可笑了。一个成年人不应该趴在另一个成年人的肩上痛哭。"但他还是迟疑地，缓缓地，将下巴靠在 C 的肩上。

"在克星，这是基本礼仪，就像陌生人握手一般。"

C 感到肩上有一阵轻微的抖动，像是抑制不住地笑了。

"你知道我永远无法验证。"

"这大约是我客居地球的唯一好处了。"C 打趣道，然后他感到那抖动变缓了，从笑变成了哭。

是从胸腔里缓慢渗出来的毒液，被抑在心里太久了，一时之间无法泄出来，要透过心脏内壁、网状的血管，一点一点发泄。

"B，也许你需要找一个不老不死的人，做你人生的目击人，那样你就可以免于恐惧失去。"

宇宙广阔，这句宽慰只有 C 先生一人有资格说。独此一家, 童叟无欺。

有一阵狂风裹挟着今夜的雨水过来，空气变得澄明，星夜琳琅。

"谢谢你，C。"B 答非所问，"谢谢你为我打开那汽水的瓶盖。"

他记得，他一直都记得。

033

## 07

C 被清晨的闹钟吵醒的时候，B 还在熟睡。

今天他飞早班，要去另一个城市报道河水污染的新闻。

那里是有色人种聚集的贫民区，引入的家用水长期铅超标，但却未引起重视，终于有居民患了重症，这才揭露出黑幕。记者则纷纷前往，想要挖掘更多惨烈故事。

除了体系运作无效之外，背后还有种族轻视的大议题，任务不轻，C 昨晚睡得不好。

他围着围裙，将早餐放在餐桌上，看到有一个礼物盒，底下有一张牌片，来自戴安娜。

他好奇地拆开盒子，是一块昂贵手表。

牌片上写着：嗨，B，提前祝你岁生日快乐。你生日那天我刚好在比赛，不能参加你的生日宴了。不要太想我了——开玩笑的。祝一切愉快。

C暗自大叫不好，他最近忙到双脚朝天，竟然忘记了B的生日，更糟的是他还会缺席生日派对——因为那时他八成在旅馆里和露丝愁眉苦脸写新闻稿。

正巧，露丝小姐的连环夺命电话来了。

"你还在磨蹭什么？司机已经在门口鸣笛了，你还在和B依依惜别？"

"我来了，不要急。"C词穷。

"司机已经绕这豪宅三圈了，再等下去他可能会当场辞职来B家应聘用人——"露丝语调轻快，"我已经嫉妒得不行了，等这次报道回来，我要做一篇贫富差距的调查特稿，第一句便以W集团作开头——

"总算来了。"C赶到，露丝盯着他，"风水轮流转，你之前绝不会让女士等你的。"

C已举双手投降："司机，麻烦去机场，谢谢。"

采访两日，总算收集到了大部分资料。任务达成，路上氛围轻松。

露丝随口道："C，你有没有怀疑过B就是黑暗骑士？"

"为什么？"他吃惊。

"说不好，一种感觉。"露丝捋了捋头发，"其实麦琪的死，我到现在还没有搞清楚。我一开始以为小丑要针对的是她男友，但他最终却没死。后来我想，也许他是为了引麦琪入险境，以诱黑暗骑士出来吧。那么，全世界谁最在乎麦琪？"

"这推理有些薄弱。"C不得不指出漏洞，但心里有些犹豫。

"也是……我还有一个更大胆的想法。"

"什么？"

"黑暗骑士和克星人是同一个人！"

"什么？"C哭笑不得。

"白天的都会，夜晚的戈市，其实是一个人的两面。"露丝托着脸颊。

人的思维是很奇异的，如果理论的一部分被证明是假的，那么似乎就可以全盘否定其他部分。C 笑着摇头，也不知不觉地拐过了他思维中的一个盲点。

黑暗骑士和克星人不是同一个人，他知道。所以，B 也不会是黑暗骑士。

回到宾馆，他们看到自己的行李被整理得一尘不染，放在了前台。

"怎么回事，难道当地官方施压要赶我们？"露丝横眉。

前台小姐迎出来："不是的，是您被转到了贵宾套房。"

露丝看向 C，而对方一脸无辜："我不知情。"

"那他呢？"露丝指 C 胸口。

"总统套房。"

"哼！"露丝斜着眼看他，"你吃了两天苦，B 少爷就坐不住了。"

C 无言，拎起行李箱朝电梯走。

安顿好行李，他才发现客厅的桌子上放了一个盒子，里面是一台相机。

B 好似有读心功能。

C 在报社配备的那台相机已老旧不堪，但报社资金短缺，只给摄影记者更换相机，C 只能勉强忍耐。

他放下盒子，觉得颇为惭愧，明明是 B 的生日，他没有送对方礼物，反倒被送了礼物。

盒子里还有一张纸。

"这是你送我的礼物。"C 皱眉默念道。古怪，明明是 B 送他的，为什么会写反。"第一步，请换衣服。第二步，打开相机的旋转镜头屏幕。第三步，拍一张你的照片。"

C 愕然，这花里胡哨的要求。他告诫自己需要理智，脑海里循环过数遍道德礼仪。

不行，肯定不行。

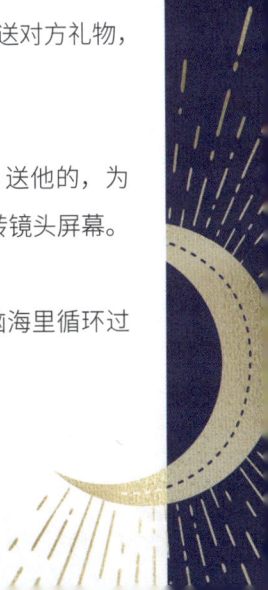

过了一会儿，他又弹跳起来，仿佛自我说服的过程已经以失败告终。他环顾了一下，空荡的房间，紧闭厚重的窗帘。既然是自己有所亏欠——

他走进盥洗室，然后他看到镜子里出现了第二张脸，B 顺理成章地靠近，抓住了 C。

"你怎么到这里来了？"C 拍他的手背。

"你不在房子里，好像没有阳光了。我需要重返人间，所以我得来找你。"

C 笑道："别这样说，阿弗会伤心的。"

B 挑了挑眉毛："你怎么有了幽默感。"

被捶了一记，B 还是没有放开的意思，直到两个人都听见露丝的拍门声。

"C，去吃饭。"她惊奇地转到另一边，"B？你也在？"

"我和阿弗来收购这里的公司。"B 整理领带。

"非常好。"露丝撑着门框，"我和 C 下一步是去加城报道天然气泄漏案，你有想收购的公司吗？"

C 道："高抬贵手。我们去吃饭吧，今晚去最贵的餐厅。"

他们叫了隔壁的阿弗，四个人一起出去觅食。奇异的搭配，任路人的想象力再丰富也无法揣摩出他们之间的关系。

露丝抿了一口清酒，对阿弗说："你是怎么忍受他们的？"

那英国绅士微笑："可能我年纪大了，就不会嫉妒旁人。"

露丝像是当下得知了真理："我希望第二天醒来我已经七十五岁，无欲无求，不需要时刻遏制住勒死工作拍档的冲动。"

"露丝小姐，其实每个年纪都有独特的烦恼。上帝设计这世界像是一架不合时宜的按摩椅，无论什么姿态都无法维持长久，总会觉得僵硬难熬，换下一个，还是一样。人生进行到任意时间点，都充满苦涩和艰难。"

露丝瞪大眼睛："B，你家藏了一个古希腊哲学家。"

被点到名字的少爷已经微醺，他侧过头笑了笑，表情温柔。

外面下起了滂沱大雨。

露丝挽住阿弗的臂膀："只有英国绅士会记得带伞，我跟阿弗回去。你们两个，自求多福啦。"

C 和 B 回到宾馆时已经浑身湿透。他们不可遏制地大笑，用毛巾为对方擦干湿发，动作不够温柔，到最后仿佛演化成一种战斗，水渍横飞进眼眶里，头发大乱。

C 开口道："对不起，你的生日，就这样糟糕地度过了。"

"糟糕？"

"没有带伞的雨夜，不怎么合胃口的菜，还有露丝聒噪的评价。"C 认真列数，"我知道你所熟悉的生日是鸡尾酒杯，或是希腊的阳光浴。"

"不，这样很好。"B 侧过头，凝望他身边人的湛蓝眼珠。

"我在想一件事……"

"我也在想一件事。希望我们想的是同一件……"

"阿弗的那个按摩椅，你有没有想过买新的送给他？"

B 险些被口水呛死。

## 08

露丝一头乱发踱进商场："找我帮什么忙？"

C 道："我想帮阿弗换按摩椅，可我对此一窍不通，我想你可能会懂这些。"

露丝招呼导购员过来："请给我下一单最贵的按摩椅，谢谢。"

C 眉毛直立："你都没有货比三家。我以为你知道怎么挑选。"

"货比三家是穷人的技能。"露丝奉献金句，"富到一定程度，'挑选'已是一个伪命题。买最贵的，就是万无一失的标准，因为市场已经帮你

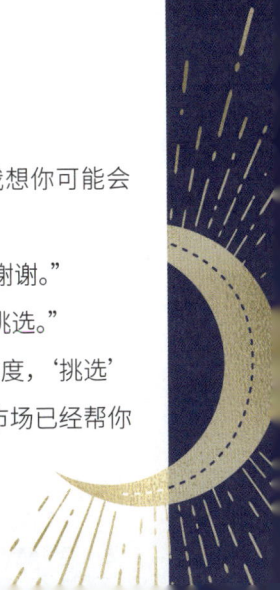

筛选过。平庸的东西泛滥，才让你有犹豫空间，顶级好的东西往往只此一份，根本没有竞品。"

导购员听到几乎单腿跪地，想请这位女士立即写下这段豪言，张贴在每个柜台上。

C 瞠目结舌，看露丝一边指挥导购员将按摩椅记在 W 集团的账上，一边拿着电话和报社交流情况。

"什么？"她几乎跳起来，抓住 C 的手臂，眼珠不停左右移动，仿佛在脑海中记关键信息。

挂掉电话，她对 C 道："小丑抓到了。"

"真的？"

"还有，麦琪的男友死了。"

"什么！"

他们两人立即赶往戈市警局。

现场的照片惨不忍睹，麦琪男友的眼珠瞪圆，像是难以置信。

那是 C 第二次见到格登警长，他已晋升局长，身材佝偻，呈现出老态。

"凶手还未知，我们正在对小丑进行审讯。"他公事公办的模样。

"听说是黑暗骑士干的，"露丝和一群记者竞争着最佳位置，"您觉得有多大可能？"

"无可奉告。"格登用眼神示意旁边的警探过来挡人。

C 在外围站着，内心震悚。

他想起几年前，B 在墓地对他讲的那段话，他对麦琪男友的厌恶。但 C 依旧不相信 B 会做这样的事，他们一起的这段时间，B 明明这样快乐，满足。要让这结论成立，首先要 C 推翻自己对 B 的意义，这太难了。

他不声不响地离开警局，返回 B 家。

阿弗拦住他："少爷今天身体不适，卧床休息。"

"而我不能进去看他？" C 盯着管家，直到对方都觉得这不合情理。

他迈进卧室的时候，B 正在对着镜子往脸上擦药。C 注意到他穿着

长袖长裤，将身体包裹得严实。

"你受伤了。"C平静地指出。

"是，"B道，"健身房突然断电，我从跑步机上跌下来了。"

"严重吗？"

"完全没事，不用担心。"B讲完，顺势躺进被子。

C走近："你在发烧。"

"可能是喉咙发炎。"B轻描淡写。

"我帮你煮碗汤。"C起身，被对方拉住。

"谢谢。"

"为了什么？"C勉强拉起嘴角，"一碗汤？"

"为了你一直在尝试修复我。"

C一震，指尖发麻。他背对着B，顾左右而言他："冰箱里还有玉米吗？"

"C。"

"嗯？"

"但是，你要先相信我，才可以修复我。"


C叩响了学校办公室的门。

穿西装的女人迎了出来，与他交谈了几句，又重回办公桌找了资料夹出来。

"对不起，当年教过B的老师，现在都离职了。"

"全部？"

"是，"她细细地看资料，"有几位退休了，有几位跳槽了，还有几位转行了。"

"有非正常死亡的吗？"C脱口而出，问完觉得内心恐惧。

"什么？"对方显然被这个问题吓住了，"没，没有啊。"

"抱歉，"C转身，"谢谢你。"

"等等。"那女人叫住他，"这里有一份他的家长反馈册，你要吗？"

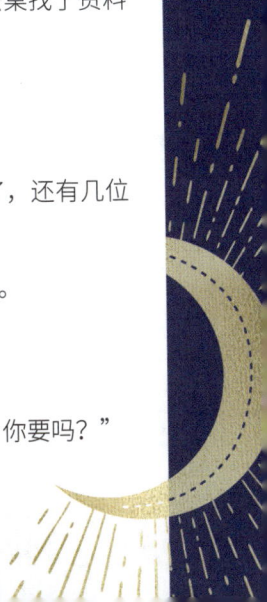

"什么？"

她递过来一本花花绿绿的本子，上面印着牌通图案，那是用于教师和家长之间的互相沟通。

C 翻了几页，看到某个学期结束时 B 的老师写了一段很简洁的评语，大意是这个男孩子聪明早慧，身体强壮，但似乎对身边的人不够 Nice。

是，Nice。老师用了这个词，可能是随意挑选的，没有深思熟虑。

C 看了评语末尾的日期，是 B 的父母出事的第二年。

他翻过下一页，很显然，再也没有人在家长回复栏里签字了。但有几行歪歪斜斜的字，一看就是出自当年年幼的 B 之笔。年代太久远了，字有些难以辨认，仿佛是一首小诗。

C 走出建筑楼，站在阳光猛烈的地方仔细读着。也算不上诗，像是对老师评语的反驳。

No one is really nice.

Someone pretends to be nice.

Someone appears to be nice.

But no one is really nice.

Someone is just playing his nice better.

C 内心撼动了。

当年的 B，幼小，孤独，无助，连词汇量都不怎么全。但他写下这样一段话，用以回击老师那随手写的无心之评。

时空交叠，C 仿佛看见那个阴郁又痛苦的小男孩，和那个他熟悉的 B 并肩站在一起。

他的脑海中回响起几个小时前 B 对他讲的话。

"C，有时候我觉得你对我太好了。

"而我承受不起这种好。因为我更习惯失去。

"你知道吗？我喝着你的汤，却已经在设想我要怎么去习惯以后生病时喝不到你的汤。

"好像从很早开始，我就学到，人必须学会失去，而不是习惯得到。"

## 09

八月末的一天，闷热的空气膨胀，上升，终于在最高处炸出一个雷，随即是雷雨倾巢出动。

C被堵在校门口。风携带着冰冷的雨珠砸向脸，好似万箭齐发，他的双眼被雨水淋得睁不开。

露丝背着书包跑过来："雨好大。噢，校车终于来了。"

校车里是干燥的暖气，司机开了电台，放送着当年最热的单曲，节奏感充斥了整个车厢，直到一个猝不及防的刹车，然后是一记响亮的踹车门声。

等缓过神来，司机的双手已脱离方向盘，颤抖地举在脑后。

两个蒙面的男人，一个用枪指着他后脑勺，另一个将他拉拽出座椅。尖叫声在逼仄的空间里炸开来。

"闭嘴！"举枪的男人将洞口移向后排，死亡的威胁顺着座位散开，将惊慌的尖叫声依次收拢。

"交出钱包。"

C握紧了手。是抢钱，不能出手。C抑制住冲动，缓慢地将右手伸进双肩包中拿钱包。

"啊——"又一次此起彼伏的尖叫。

C感到一股重重的力道压在身上，是猝不及防的开车，将身边的女生甩了过来。

另一个歹徒已经把司机踹了下去，往完全陌生的方向开去。

这已经不是单纯的抢劫了，C有十分不好的预感。他想站起来，突然听到身后一个熟悉的声音。

"喂，我说——"

所有人的目光都齐刷刷地往后看。

那个坐在最后排的男生，面无表情地站起来，双手上举："你们要把这辆车开到哪里去？"

太熟悉的眉眼了，那是十五六岁的 B。

身材高挑却还略显单薄的男生缓慢地从座位绕出来，站在过道上，和举枪的歹徒遥遥地对峙着，丝毫不害怕的模样。

"你，坐回去，否则我——"

话音未落，B 已经跨步上前将他的手腕折断，打落手枪，压在身下。

几乎是一瞬间，他拿起掉在 C 座位底下的手枪，抵住了歹徒的太阳穴，没有一秒犹疑，按下扳指。

"嘿——"C 大叫，想阻止已经来不及。

少年 B 起身走向驾驶座，另一个歹徒双手震颤，通过后视镜看他。

"下来。"B 晃动枪口示意。

整辆车慢慢地停下来了。那人将双手环在脑后，从驾驶座上小心翼翼地下来。

B 迅速坐了上去，然后提枪。那男人即刻失去重心，倒在车门上。

"你没必要——"C 大喊出，突然噤声，因为他通过那后视镜看到了自己的脸，也沾染上了鲜血的颜色。

像一颗心在空中炸裂，红色如蒲公英般摇摇晃晃，降落在所有人的脸上。

每个人都是同谋。

他怔怔地，讲完那句话："……开枪。"然后他看见 B，那个阴郁寡言的少年，通过后视镜对他拉扯了嘴角。

C 醒了。

一个令他恐惧至极的梦。

他下意识地往旁边探去，碰到了想象中的那个人。

B，那个在他梦中大开杀戒的人，正在酣梦里，毫无知觉地"哼"了一声。

C看到从肩胛骨到胸口上的无数条伤疤，结痂了，静静地躺在B的身上，也像溶入他的血液中去了。

而C这才发现，自己竟不知道上面任何一条伤疤的来源。它们曾是血痕，是呼吸拉扯就会剧痛的伤口。

B，他曾经发生了什么？如今又在发生什么？

C知道有一个令他害怕的想法已经在潜意识里根植，发芽，发疯地生长。一株黑色惊悚的植物，正张牙舞爪，而他不敢直视也不敢验证。

此刻闹钟响了，今天有新闻发布会，他暂时将胡思乱想抛在脑后，走到客厅。

今天是戴安娜宣布退役的日子，各大体育版记者齐聚戈市。C还记得当年采访她时，自己尚是一个经验不足的记者，看着对方惬意地靠在椅背上，对他说"C先生，我二十六岁了"，仿佛她已经是一个老得不行的年纪。

他又想起自己战战兢兢地问出那个和B有关的绯闻，在第三者的口中打听着关于那个年轻人的喜怒哀乐。

那台刻着字的相机，那句自我毁灭的预言。

C感慨人类年龄的飞逝，他顺手从桌上拿了笔记本，有张纸掉下来——是家长反馈册上幼年的B写的那篇小诗。

距离他抱着怀疑的态度去那所学校采访已经过去了一整年，他时常还会想起那几行字。

他将纸撕了下来，像是提醒着自己，那颗残破的心随时会折返过来，将早已成年的B重新击得粉碎。

来不及多想，他拉开抽屉将那张纸塞进去，然后出门了。

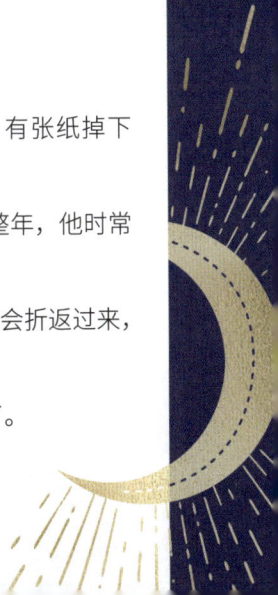

发布会在一楼的会议厅，戴安娜光芒四射地端坐在电视台话筒后。她不需要再在球场上素面朝天，挥汗如雨时，人们才惊然发现她的美，一种高级的美。

骚动是在大约十点的时候开始的。第一个记者低下头查看手机中的信息，然后是第二个。

很快现场被一阵微妙而惶恐的氛围笼罩了，大家交头接耳相互确认信息的准确度。

然后有一个记者离席了，接着带动了第二个、第三个。

C也收到了主编的短信，平均十秒震动一条地更新催促他。他迟疑着，看着台上的戴安娜，正对自己的职业生涯做郑重的总结。

离开的记者越来越多了。

戴安娜停下来，饶有兴趣地用手指敲击桌面，似乎思忖着什么，然后她举起左手："记者先生，我可以提问吗？发生了什么吗？"

C感觉到目光的注视。

"对，就是你，星球报社的记者。"戴安娜用手指点住他，"现在有什么突发新闻吗？"

"是。"C尴尬地站起来，"小丑越狱了，黑暗骑士现在正在追捕他，据称就在这酒店附近的街上。"

戴安娜惊呼，一脸兴奋："那你还等什么？快去报道！"

会场已空荡，几乎没有记者驻留。

她站起来，不顾形象地脱掉高跟鞋："带我一起去。"

"什么？"

"小丑！黑暗骑士！这才是本年度最重磅的新闻。"戴安娜扫了一眼他的胸前铭牌，"C先生，你的新闻敏感度呢？还在这里报道我退役有什么意义！"

新时代的女性果决利落，她拽住C的手臂："快走——"

电视台动用了直升机直播，那台只闻其名未见真身的暗蝠车在白天以骇人的高速狂飙。

全城轰动，黑暗骑士的传说原本只属于黑夜。

前方的牌车在逆向疾行，而后方，有数十辆警车呼啸，分不清是在追捕小丑，还是黑暗骑士。

这古怪的场面，就如眼下看客的心态。小丑是逃犯，黑暗骑士亦是法外之人，如果今天能一网打尽——

C出来得迟了，加上和戴安娜同行，赶到时，目的地已人去楼空，交战已经告终。空气中有刺鼻的火药味，暗示着恰好错过的大战场面。

"B。"戴安娜突然蹲下。

"什么？"C诧异道。

她捡起一块灰黑色的碎片，可能是爆破时掉落的暗蝠车零件："是W集团的军工制造。"

C怔住了，那株黑色植物的枝丫已经顶破了苍穹。

火药味缓慢稀释开，嘈杂的人群在往这里会集。

露丝的电话及时到访："C，你在哪儿？看到了吗？警方发现了小丑的尸体。"

"那黑暗骑士呢？"他紧张地单手握住了手机。

"没有踪影。"露丝声线紧绷，"只差一点点就能抓到黑暗骑士了。"

C听出她语气中有懊恼之情："你希望黑暗骑士被抓到？"

"难道你不想知道他是谁？"

"可他不是罪犯。"

"戈市市民并不全这么认为。他在司法之外横行，依照自我道德行事，他没有约束，没有约束的事物令人害怕。"

C沉默。这是无可厚非的看法，他在某种程度上也同意。

"相信人性就好像闭眼走钢索，谁也不能保证他一生行侠义之事。英雄和罪犯往往仅一线之隔，而我们都不是为历史盖棺定论的人。"露丝

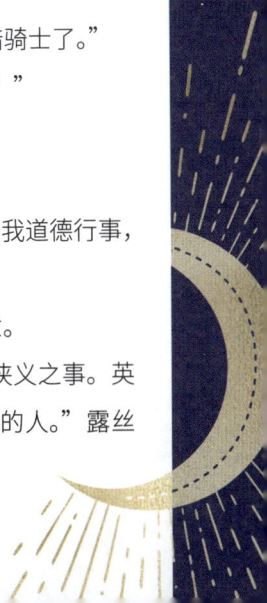

叹气，"过去几年，他的行事风格变得越来越粗暴。这次小丑的死，应该也是记在他的名下。他死相惨烈，C，这让人们害怕。"

C 不语，只觉得心脏被莫名锤击了。

"你现在在哪里？"

"我，"C 看了旁边的戴安娜一眼，"我和戴安娜在一起。"

"噢，今天是她宣布退役的日子。她的新闻这次要被放在很后面的版面了。"

C 无奈地笑："我觉得她好像也没有很在意……"

但他被打断了，露丝在听筒里叫道："C，我看到你的头顶了。"

"什么？"他仰头，看到电视台的直升机低低地掠过了他，一阵劲风吹得他的外套簌簌作响。

他出现在每个电视屏幕上，只是一个小点，就急速地掠过了，震动世界的大新闻中渺小的一帧定格，转瞬即逝。

C 突然觉得无比疲倦。

他回到家，B 正靠在床垫上看电视。

"回来了？漫长的一天？"轻松的口吻，B 抬起手腕按了遥控器一下，调转频道，现场连线的女主播声音时不时被背景里嘈杂的声浪盖过，像一只小船在大浪中搏杀，深深浅浅。

"今天过得怎样？"C 装出随意的语调，他看出了 B 深色衬衫下的伤口。

"无聊极了，所有的电视台都在放同一条新闻。"

"我也去了。"

"是吗？"他抬眼望着 C，表情平静，就像在等一个已知谜底的揭晓。

"是。"C 讲完，将手中的笔记本一甩，恰好甩到 B 胸口的伤上。不小的力道，但对方没有任何表情的波动。

"痛吗？"

B 笑了，那笑容将两人之间的距离倏忽拉远数丈。

他们都像第一次认识对方似的，小心翼翼地注视对方。

"我的疼痛阈值很高。"B道，"也许需要你用拳头用力击打我，让伤口重新崩裂。

"没准我也会用力装作无动于衷。寄希望可以用无限的忍耐，来换取一切照旧的生活。

"但我知道没办法了，是吗？

"C，星球报社的头牌记者，"B心碎地嘲讽，"不知道真相就要追根究底直到刨出一切，知道真相就无法装作不知道。"

"B，你为什么不告诉……"

"停下。"B打断道，"你看，我们现在多像普通人吵架，不由自主地将注意力移到'为什么你不告诉我这件事'上，仿佛分歧在于'告不告诉'而非'这件事'。"

B站起来："承认吧，C，你从始至终都不赞同我。你是所有人的英雄，你拥有这么光明无私的观念，你拯救受难的人，对抗人人都束手无策的天灾人祸，你简直是这个国度的神。而我却是一个只能在暗夜出动的罪犯，无数起未结罪案都挂靠在我的名下，我的名字能令好人与坏人一齐闻风丧胆，没人见过我的全部面貌，我像一个无主的幽灵。鬼神怎么能同行？但我在意你——这又是另一桩事了。我在意你，所以我骗你，一个十分站不住脚的逻辑推演，是不是？"

他苦痛地站着，眼眶湿润："但我又无法放弃我的立场。"

C上前一步，对着空气伸手："B，我自始至终都……"

"你怀疑了。"B下意识后退一步，手肘碰到了写字桌，"C，暂停一秒做圣人吧，承认你怀疑过我。"他拉出那个抽屉，举起那张纸："你怀疑过我，所以你才会去我的学校调查我，所以你才会把这张纸一直放在身边。"

"不是，我……"

"你多希望我只是一个有童年阴影的富家少爷。就算性情古怪些，但

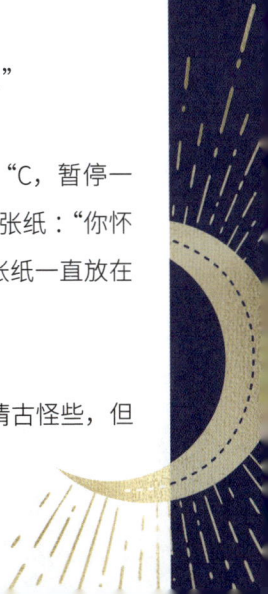

总归没有杀伤力。"B惨淡地笑，"可惜我却不可理喻，奢望用暴力控制全局。知道吗，那些穷人家的孩子，自小就物质匮乏，得不到想要的东西，长大后就会有囤积癖，想买的东西都会囤在家中，以求安全感，我也一样。我见识过无法掌控局面的样子，所以我疯狂地想确认这世上一切不会失控。这种可悲的，迟来的补足。"

"一切都不会失控！"C反驳道，"这社会有警察，有法官，有司法系统，有记者，你要相信人性本善。"

"这就是我们的本质区别了，是不是？"B凝视他。

空气急剧压缩又释放，幻化成透明的网，缠住两个人，他们动弹不得，无法向对方的阵营靠近一步。

过了许久，C垂着眼皮慢慢地说道："麦琪的男友，是你干的，对吗？"

"是。"

"那麦琪呢？"

"什么？"

"当她知道了你的身份，她也变成了失控的来源之一吗？"

"C，"B走近几步，逼近凝视着他的湛蓝瞳孔，"你真是一个浑蛋。你以为无论如何，我都无法还手是吗？"

"是，我知道你无法还手，所以我永远不会对你出手。"C回视他。

"试试看。"

B突然像困兽一般在房间里巡视了几圈，然后从衣柜里拿出一把猎枪。

C一直以为那是阿弗的猎枪，但B熟练地将枪柄抵在肩上，瞄准，扣动扳机。

宛如梦中那一幕，但没有红色从空中绽裂开来。

相反，一束绿色的气体，毫无征兆地凌空炸开，迅速扩散。

C在感觉到全身力量被抽尽前，听到B在讲一句自己听不懂的话。

"我一定会后悔的。"

## 10

整间办公室寂静得可怕，拐角处的走廊黑漆漆的，外面的天空倒是亮着，好似被割破了一个口子，向外缓缓地渗漏着亮白色的光。

C点击了一下鼠标，将校对完的版面保存，寄到主编的电子邮箱，他叹了口气，按灭电脑主机的电源，轻微转动着酸痛的脖子，准备回家。

这三年他拼了命一样地工作，天色无光的时候才回家。在家里只能坐在黑暗里，在公司起码有一整排亮着的灯陪他。

他太孤独了，挑选一张新闻图片都可以花去数十分钟，移动着鼠标在文件夹里漫无目的地巡逻。

第二天，C准备出门的时候听到了电话铃声响，他斜着肩膀拎起话筒。

"C——"一个惊恐的女声，近乎哭腔，颤抖得厉害。

是他的母亲！

C攥住话筒："妈，你怎么了？"

"哈喽，"对面的听筒被人夺了过去，换了一个油腔滑调的男声，"C先生吗？"

"你是谁？"

"路瑟，幸会幸会。"对方怪腔怪调地回复，"今天天气不错，你的心情还好吗？"

C一愣。全都会的人都知道这个名字，集团少东家，科学怪人，行事诡异捉摸不定。C对他格外关注，一方面是他曾在数年前试图采访过路瑟的父亲，那个被爆贿赂议员却依旧全身而退的商业大鳄，另一方面……

C想起见到B的最后一面。

他查到路瑟集团是攫取克石的源头。克石——唯一对付克星人的武器。

虽然C并不知道B是如何从路瑟手中抢到克石的，也不知道路瑟攫取克石原本有何用途，但他从此对这人有了堤防。

C大声呵斥："你要对我妈做什么？"

那人仿佛被怪罪一般的委屈腔调："误会，我没有想做什么。只想你来一趟就行，克星人先生。你能感应得到在哪里吧？"

C扔下电话。

那是一间毛坯房，没有任何装饰，只在中央环绕着放置了三台电视，而他的母亲被绑在中间的椅子上。

"妈，你还好吗？"C破窗而入。

"放轻松，克星人先生。"从天花板传来路瑟的声音，"离你母亲远一点，我的忠告。"

C定睛，看到母亲的太阳穴上有好几个红点，轻微地摇晃着。

这里到处都是狙击手。

"听着，克星人先生——"路瑟阴阳怪气地拉长语调，"我不想杀她，我只是想请你来看一会儿新闻。平日里我是请不到你的。"

"你到底想——"

"嘘，嘘——"

电视上一切正常，几大电视台的声音交错嘈杂。C看到其中一家电视台在采访某个名人，主持人和他舒服地躺在沙发上，直到那个主持人挺直了腰，将右手抵在耳麦上。访谈中断了，一个熟悉的电视台的标志被调出来，配合鲜红的字体——突发新闻。

甚至来不及切到直播间，荧幕上出现了令人不安的画面——贸易中心的一栋楼冒着黑烟。很快，另外两台电视的画面也相继转换成了相同的景象。

"这是什——"C骇然。

被封条蒙住嘴巴的C母也停下了求救声。

电视台主播的声音参差交错，中心思想只有一个，似乎有一架飞机

撞进了贸易中心的北楼。

"嘿，首先声明，这可不是我干的。"路瑟的声音插进来，"我在这里陪着你呢。"

"你到底想干什么？！"C吼道。

"我说了，我只是想请你看电视。老天，别对我吼。"路瑟笑道。

各电视台的主播还在用镇静而缓慢的声音播报着，用词克制而留有余地。C知道这表象背后是耳机里混乱的指挥声和不停的信息更新，新闻编辑室里早就一片狼藉，人人都边吼边记录着，和各自的线人核实更多信息。消防队一定也已经出发了，那繁华的城市已经失控。

而他，C，还在某个小镇和路瑟做无谓的纠缠。

"路瑟，你——"

"嘘，别急。我知道他们现在最需要你。"路瑟道，"但现在你只能二选一。"

"什么？"

"你母亲，还是，贸易大楼里的几千人。"

C母身上的荧光红点又多了几个。

"你母亲不会死的，只要你安静地看完这个电视节目。"

C盯着屏幕，几乎要捏碎手指的骨节。

电视上开始有了实时采访的画面。道路上挤满了惊恐的人，他们不知所措地望着远处的天空，浓密的黑烟已经将湛蓝的天空染得浑浊不清。

"天啊——"

主播们突然发出惊呼。飞机撞进了大楼。

有一家媒体拍到了有人坠楼的画面，由生到死有数秒的时间，那远焦距的镜头一直跟随着他，直到他的身影没入盲点。

被拉长了的残酷，旁人无法想象的极限的恐惧。

惊心动魄，全城哭号。

C几近咬碎了牙齿。

"克星人先生，你真该看看你现在的表情，精彩极了。"路瑟咯咯笑着，轻巧地用讽刺的腔调来昭示 C 此刻内心最艰难的碰撞。

电视镜头徒劳地对准那楼中央的缺口，那里噼里啪啦地发生着小型爆炸，没有人能进去，没有人能出来，那是通往另一个世界的鬼魅通道。

人人引以为傲的文明被撕裂成这样惨痛的伤口，展示给全世界的人民。

C 觉得肌肉酸涩，浑身疼痛，但他没有办法离开他的母亲。他知道，这几分钟，短短几分钟，将会成为他终生的梦魇。

垮塌来得非常迅速。原本坚固的钢筋水泥在瞬间分崩离析，贸易大楼在主播的叫声中轰然坍塌——数千条生命转眼湮没。

C 母身上的荧光红点都消失了。

鲜血，伤口，尸体，议员的谴责，救援队伍的紧张工作……

在这些之后，终于有个声音慢慢浮了出来，并且越来越响，越来越令人无法忽视。

所有人都在问一个问题——克星人呢？

在这座城市最需要英雄的时候，克星人呢？

## 11

速溶咖啡已经冷掉，露丝双手掩面："C，我真的没办法——"

咖啡店里灯光明亮，音乐轻柔。世界末日的时候去咖啡店吧，那里永远不会有坏事发生。

"露丝。"C 关心地抚上她的手背，"好好睡一觉。"

"你知道我做不到。"露丝疲倦地盯着他，瞳孔里布满血丝，深海中鲨鱼互搏后的鲜血漂浮上来。

"一开始，我去采访消防队，我记录他们的抢险过程，了解他们的战

略指挥。但有一天，编导跟我说，去采访消防队员的父母吧，观众想看这些。我知道她是指已经殉职的消防队员，我去了。C，我发觉我不再是记者，而是凶手。为什么我要去撕开他们尚未愈合的伤口？对于观众来说，那些人是英雄，是楷模，但对他们的父母来说，是消失在餐桌旁的身影，是从小搂抱、思念、拥抱的习惯，是活生生的人，变成尸骨无存的虚空。我们怎么可以这么残忍？在他们试图遗忘的时候去提醒，在他们努力麻痹的时候去触碰。C，你知道我是理智的人，我从来不害怕什么的。洪灾时我在房顶报道，枪击案发生时我跟在现场，枪声只跟我隔了半条街，我都不会慌。

"但是这次，我没办法，C，我怎么了？

"我问一个母亲，那天你在干什么？她说，我看电视新闻，看到贸易中心浓烟滚滚的那一秒，我突然就知道我要失去我儿子了，因为我知道他一定会冲在最前面，去帮助别人，因为从小我就是这么教育他的。当我知道他殉职时，我恨我自己，为什么要教他无私，要教他奉献。

"你知道吗？那一瞬间我不可抑制地痛哭起来，直到受访者抽了纸巾给我。我是记者，我以为我可以客观冷静地去记录我所见到的一切。但那一刻我突然想到你同我讲过，记者首先也是人。作为人，我感觉到痛苦，我不明白为什么会发生这样的事，让世界上一切美好的正面的东西都变得毫无价值，令人伤痛。C，这件事摧毁了我们的信仰价值，我们开始怀疑一切。"

露丝停下来，喝了一口已经冰冷的咖啡，苦味缓和了她的情绪，坚硬，苦楚，被惩罚的幻觉，令她略微好过些。

"……对不起。"C的声音低了下来。

"你没必……"露丝怔了怔，抬起头安慰他。

"对不起，我是说真的。"C定着看她。

"这灾难与你无关，与我无关，与所有幸存者都无关。"露丝反握住他的手。

"不，这世界上所有人类的灾难，都与我有关。"

"听我说，C，我知道这段日子你比我更不好过。但是，"她勉强拉起嘴角笑了笑，"让我用你曾经教育过我的话来说吧，记者首先是人，克星人首先也是人。"

C震惊地看着她。

"小镇男孩，当你用超能力去救第一个人的时候，当你被电视镜头捕捉到的时候，当人们用'克星人'这个词来称呼你。那个词里有'人'，你发现了吗？你不是神，我们早就默认了这一事实。如果有人想证明你是全能的神，那他错了。你只是一个比我们力量强大的人，但这不代表你没有弱点，没有阴暗面。C，你还记得吗？我曾经让你找自己的阴暗面，那是真心实意的建议，因为只有这样，你才能了解你自己，理解你自己，并与自己握手言和。每个人都有自私的权力，为什么你不可以有？抱歉，我不知道你实际上经历了些什么，但我知道你有苦衷，你没有救这城市里近在咫尺的人，是因为你心里有更近在咫尺的人需要拯救，这很合理。人类为什么总奢望被他人拯救？我们都只是奔突在自己命途上的渺小个体，我们孤独地诞生，又孤独地死去，不能也不应该拉扯着任何人陪葬。"

C长久地沉默着，震撼着，内心有声音在呼号奔突，但最终减弱下来，变成虚弱的回响。

"露丝……"

"我是怎么知道的？"露丝伸出手摸他的眼角，"C，你真是太蠢了。你不会老，你不知道吗？女人最在意眼角的细纹。我一天天老去，但你还是如此年轻，像一个不真实的化妆品广告代言人。我很聪明，大家都很聪明。"

"你说大家……"

"是，我是说报社里你的同事们。"

C怔住。

"他们爱你，C。如果一个人想不被别人看到，那他就有权不被别人

看到。"露丝将咖啡杯轻巧地投入垃圾桶，"听着，别怪他们，你该为这集体的沉默感动。大多数时候，说谎是因为真正在乎一个人。"

C 突然感到自己在震颤。

他毫无缘由地想起和 B 最后的交手。已经过去好几年了，他依旧记得 B 慢慢地站起来，像在讲一个笑话一般地陈述他的内心："我在意你，所以我骗你，一个十分站不住脚的逻辑推演，是不是？"

原来人类是用说谎来表达情感的。

这已经是 B 能做的极限了。

C 觉得一股酸涩的力量贯穿他的大脑，眼眶疼痛。

如今他终于明白被全世界怀疑、痛恨、咒骂的滋味了。人们对你有了期待，你变成了一个集体的标志，然后期待变成了绑架，规则由别人裁定，自由被别人划定。

中心广场的克星人雕像被喷满了红漆，终于有政客提出拆掉这座雕像。有些反对的声音，理智而小声，最终淹没在愤怒的吼声中了。有人在燃烧克星人的画像，他变成了全城的叛徒。

是不是像那个耳熟能详的故事，一个贪得无厌的乞丐，因为习惯了施舍，最后对某次缺席的施恩人愤起指责。

人类痛恨灾难，却无视恩典。

"为什么是我？"他们永远只在痛苦时呼号，却不会在快乐时发问。

来自他人的善意像是理所当然的。

C 不知道，B 会不会在某个孤独的夜晚对着空气中他曾经残留的痕迹说一句："你说过人性本善，现在你输了。"

太讽刺了，他们原本是如此在意彼此。

露丝唤他："你知不知道永恒其实很短？"

"什么？"他回过神。

"永恒只是一瞬间，只够你看向一个人。"一个语重心长的告诫。

C 苦笑，露丝永远是对的。

"去采访 B 吧，别再逃避了。"露丝把记者证重新挂回 C 的脖子上。

这时他才记起叫露丝出来，是想让她代自己采访 B。

今天是 W 集团开新闻发布会的日子。作为恐怖袭击中损失最惨重的公司，W 集团失去了十层办公楼和上千名员工的生命。届时会有数十家媒体群采，人潮涌动，但即使如此，C 惧怕再出现在 B 面前。

但露丝显然不会帮这个忙。

"谢谢你的倾听，我好多了，哦对了，"她干净利落地收起笔记本，"保持健康的办法，就是吃点你不想吃的，喝点你不想喝的，以及做点你不愿做的事情。"

"露丝。"

"别瞪我，这是马克·吐温说的。面对现实吧，世界其实很小，人人都会碰到旧人。"她收起椅子，"我也要去做我不愿做的事情了，C，这就是成年人的世界。"

"你要去做什么？"

"继续在这个黑洞里挖掘真相。我有线人说，许多证据显示总统先生是知道这次袭击的。"

"什么？"

露易丝给他一个意味深长的眼神："为的是发动战争，取得石油控制权——只是一个猜想，但我会挖下去，真相令我着迷。"

"小心些。"C 叮嘱。

"谢谢。"新时代女性头也不回，继续脚踩细高跟鞋走在这个伤痕累累的城市。

C 惶惑地站在发布会大厅的角落等 B 的出现，像是同伴婚礼盛宴时一个不知所措的宾客，害怕遇到故人——一种惆怅而细若游丝的联系。

有轻声的骚动，几个黑衣人先从楼梯口走出来，形成一道松散的屏障，然后 B 出现了，记者纷纷坐回到采访席。

C 的第一反应就是，他老了。

这是很自然的事情。人们一旦进入某个年龄节点，衰老就像毫不停歇的鼓点赶着你，那根弦被拉紧了，轻盈饱满的音调消失，取而代之的是紧绷而刺耳的提琴声，用力绞着，在脸上划拉出褶皱纹理。

原来 B 也会老。

人们对公众人物有种不切实际的浪漫幻想，以为他会永远是那个年轻的富家子弟，熠熠发光，直到有一天被彻底遗忘，才被允许陡然老去。

但 B 老了。细纹悍然地攫住了他的眼周，不由分说地深刻蔓延，还有白色的发丝埋伏在他尚且茂密的头发间。

C 坐在最后一排远远地凝视他，百感交集。

话题在一开始很规矩，围绕在 W 集团的经济损失、对员工家庭的补偿之类的，直到有一个记者提到了 B 在废墟中救的那个小女孩。

"B 先生，能谈谈对克星人缺席这次事件的看法吗？"

"这与此次新闻会无关——"旁边的公关经理打断了他。

B 做了一个手势，表示无妨，伸手将话筒转向自己，音响发出一记短暂而刺耳的声音，突兀地横亘在半空，然后他缓慢地开口。

"人类的灾难，应该倚靠人类自己。"

C 的脊背收紧了。

"为什么总要指望克星人来拯救我们？"

公关经理的脸色暗了下去，C 看到有记者在电脑上已经拟好了一个"W 集团总裁炮轰克星人不值得人类信赖"的吸睛标题。

B 继续道："克星人已经为我们做得够多了。人们总是会忘记他在无偿做好事，他不是世界警察，他不收钱，也很难收到任何回馈，我们甚至永远都不会知道他是谁。"

采访席的气氛有些微妙的转折，有频繁敲击键盘的声音，在删除刚刚打下的字。

"我们为他立了一尊雕像，游客围着它合影，执法者指望它能震慑罪犯，市长亦觉得能算进他的实绩，这就是我们能为他所做的一切了。他变成了一个虚幻的标志，被赋予各色意义，他对我们来讲不再是实体的血肉。但当危险来临，我们却又希望他用血肉去为我们抵挡。"

C知道B也是在讲自己的故事。

一个记者举起手说："那么，你觉得他以后还会帮助我们吗？"

这个问题太过凄惨，像是一个被欺骗过的孩童可怜巴巴地问周围的成年人。

C于心不忍，嘴唇不由自主地动了一下，然后他看到台上的B，越过采访席上的数排人群，用目光直视着自己。

"会，我相信他会。我所知的他，是一个光明磊落正面无私的人。"

C攥紧了手中的笔记本，指甲嵌进了牛皮封面。他遥遥地回视着B，这个世界上他唯一的同行，疲倦，受挫，又坚定不移。

"他太好了，以至于无论人们做了什么，他都会原谅的。"B准备起身离开，"而这是我最惧怕的、他为数不多的弱点。"

新闻发布会结束了。所有人即刻散去，整个大厅好似什么事都没发生过。

C平静地走出酒店门口。有个摩登女郎从他面前经过，一阵冷风刮过，她不由自主地环抱着胳膊发出"呲"的声音。那声音转瞬即逝，但C突然有种错觉——街上的每个路人都发出了这样的声音。

一时间整座城市凄凉凛冽。


那年最大的新闻是有关战争的，所有人都惶惶然，不知道会付出多少代价。没有人能预测那场战争竟持续长达十年之久，直至罪魁祸首被击毙，但到那时，又有新的灾难新生了，这世上的灾难从来不会告一段落。

C申请去做战地记者，露丝对此毫不意外。

"B向麦琪求婚那年，你去做战地记者。这次与他绝交，你又去。C，人类有种方式叫作旅行。"

C 无奈地说："露丝，有时不需这么直白，请只当我去工作。"

"我一点都不担心你，你是铜墙铁壁不会受伤，但是它呢——"她举起一个盒子，"给你配了一副备用的眼镜。"

"谢谢。"C 拥抱她。

## 12

时间推进到几年后，一场海啸顷刻间夺去了无数人的生命。

露丝打来电话的时候，C 正在国际救援组织做帮手。

"C，我现在在做一场采访，有些内容想让你亲耳听到，你快过来。"

"什么采访？"C 语气中有些为难。

"戈市警察局长格登宣布退休。"露丝压低声音。

"格登局长？"

"是，他知道戈市的诸多内幕，我知道你一直想了解。"

"露丝，我现在有事难以走开。"

"我想你亲耳听到。"露丝语气严肃，"而且，我现在采访的内容短时间内无法见报，我签了保密协议，这些等他过世后才可公之于众。对不起，我都忘记问你现在在哪里？"

"我在海外。"

"情况还好吗？"

"十分糟糕。人们总说平静如海，但平静的海洋发起疯来会置人于死地。"他往身后看了看，终于下定决心，"我马上回来。"

他与救援组织的联络人做了解释，然后跑出帐篷。他心脏狂跳，从未有过的紧张袭来，他知道这次采访和 B 有关。

B。

当他腾空飞起看到整片蔚蓝大海的时候，他想到了 B 这个名字。

大海和 B。

随便两个无关的词组都会调动出他记忆库存里已经过时的画面。

有一年的圣诞节，B 和他飞去某个小岛过冬天，岛上大半的产业都是 W 集团的，他们过得惬意，他们靠在棕榈树边喝低度酒，阳光炽烈，他们都被晒成了小麦色。

"看着大海就像看着一切。"C 感慨。

B 绕到他面前："我不同，我看着你就像看着一切。"

C 湛蓝的眼眸不输旅游胜地的蓝天碧海。

"这很不公平，"C 指出，"我却看不到你的眼睛。"

B 鼻梁上架着一副昂贵的飞行员墨镜。

"因为……"B 笑了笑指着 C，有金色的沙子被风裹挟着吹在他脸上，"太刺眼了。"

C 不知道 B 是指阳光还是自己。

现在回想起来，那多像一个令人震动的隐喻。他的双眼一览无余，而对方却架着一副黑色的屏障。

最后是 C 坏笑着推了 B 一下，让他跌进涨潮的海里。海鸥越过头顶，发出叫声，白色的泡沫冲溃了孩童的砂砾城堡，一切美得像梦。B 不甘示弱地用脚勾住 C 的膝盖，令他也倒进海里。

回忆无益。C 抵达到格登家门口，露丝在外面等他。

"露丝，你瘦了好多。"

她叹气："和我一起做虐囚稿件的男记者已经好几天吃不下饭了。"

是，这年春天爆出 A 国虐待战俘的丑闻，全国哗然，对人道主义和正当性的讨论不绝。

"我已经做完采访了，但有段内容，我让格登再复述给你。"露丝递过一叠纸，"这是保密协议，你要签了才可以进去。"

"你不和我一起进去？"

"我不想听第二遍了。"露丝面色沉重。

她在栅栏边上站了很久，有一个皮球飞来，落在她的脚边。

"小姐，这是我们的球，可不可以扔过来？"一对年幼的姐弟站在栅栏内。

露丝猜这应该是格登的子女，被赶到花园里玩耍，不允许听到一点负面消息。她将球抛回去，两个孩子立即嬉笑着跑远。

他们毫无知觉房间里在发生什么，以及这世界的阴暗角落在发生什么，高级社区里仿佛永远阳光灿烂。

露丝看到一个女生在散步，她明显想走在树荫里，但那阴影太窄了，只挡住一半脸颊，另一半暴露在阳光里，她就这样一半明一半暗地走着。

露丝内心惶然，B 的前半生就是这么过来的。

铁门被打开了，C 走出来。

"露丝。"

"一切都不算太晚。"她拍打他的手臂。

"谢谢。"友好到这种地步，他们已无须多言。

C 狂奔去了 W 宅邸，按下门铃，无人应答。他落寞地呆站在门口，不知情的人差点以为他是跟踪狂。

这么多年来他第一次觉醒，原来他已经没办法再靠近 B 一步了。

距离于克星人而言永远不是问题，但那指的是地理距离。他以为是自己主动选择避着不见对方，等恍觉过来……

他又去 W 集团，前台问他有没有预约，他摇头，于是预约被排到了半个月后。

他接连几天再去，前台已将他列入黑名单，头也不抬道："B 先生去出差了。"

而 C 可以透过那道墙壁看见 B 坐在沙发上，闭着眼睛捏鼻梁休息，旁边烟雾缭绕。

世界上没有 C 不能见到的人，但他不想强人所难。

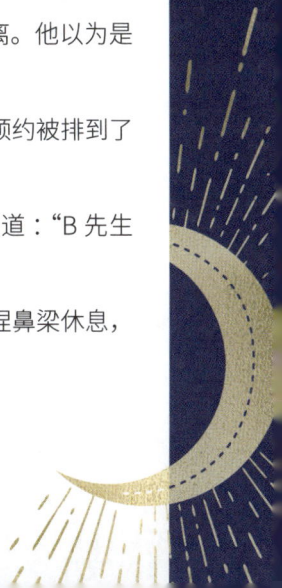

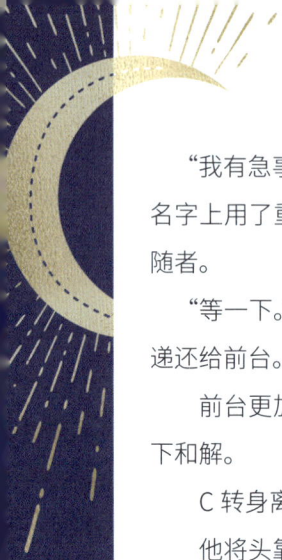

"我有急事。"他第八次倾身将名片递给前台,"请务必转告,C 要见他。"名字上用了重音,秘书奇怪地看着他,好像以为他是一个过度自恋的追随者。

"等一下。"他拿回名片,掏出包中的钢笔在背后写了"对不起",再递还给前台。

前台更加困惑了,揣测着这个记者是不是跟踪 B 而被起诉,想要私下和解。

C 转身离开。

他将头靠在公交车窗上,余光里出现了一辆熟悉的车——B 的跑车。

C 猛地直起腰,侧过头反复确认。

是他。

驾驶窗后那张侧脸面无表情,他看到了 B 的皱纹、稀疏白发,还有那个漂亮的下巴。

C 立即敲击玻璃,随即意识到声音太轻了,就加上了喊声:"B,B——"

全车厢的人都回头看着他。

他不管,继续敲击窗户:"B,B!"

他看着那辆车开远,消失在车流中。


C 颓然地坐下来,尽量让自己的呼吸趋于平稳。他盯了一会儿还握在手中的钢笔,用掌心摩挲了许久笔盖上凸起的品牌标志,像是一时间失去了思考的能力,让大脑彻底地放空,才能暂时麻痹汹涌而来的失望和苦痛。

公交车走走停停,自动门"吱呀"响个不停,直到他身边的座位被填满。

B 的条纹西服在这辆公交车上显得格格不入。

C 侧过头,惊讶得说不出话。

"好久不见,"B 像寻常一样,双腿交叠,手里随意地翻着一本书,"战地怎么样?"

"很糟糕。"C老实回答。

"人性阴暗面，嗯？"B补充了一句，"那你怎么样？"

"很糟糕。"

C在余光里看到B一怔，然后笑了起来。

依旧笑得那么难看，尴尬，令旁人以为不是真心的。C用手撑着额头，眼眶湿润地想。

"我前几天去采访了格登局长……"他将话暂停在这里。

"啊。"B用一个短暂的音节表示恍然的样子，"但你没必要说抱歉。"

"我……"

"是我错了，我曾经说过，如果你想修复我，就要先相信我。但我这几年才明白过来，没有求生意念的病人怎么可以责怪医生？"他看着街景，"是伤口创造了我。不怪你，C。"

C沉默着。

B换了一种轻快的语气："你知道吗，阿弗好像老了，不知道怎么洗被套，家里的一切总还残留着你的味道。我想过几年可以让他告老还乡了。"

他嗤嗤地笑起来，仿佛是个很有趣的笑话似的。

C觉得自己的腹腔有液体滴落的声音。

是谁在绞动他的心，太过用力，以至于有血被挤压出来，"啪嗒啪嗒"掉下。

"B，我可不可……"

但对方打断了他。

"C，你知不知道这条线是城市环线？"

"什么？"

"这条公交车线，是条环线。戈市的公交系统二十四小时运转，也就是说，理论上这辆车会一直绕着开下去。"B举起一只手模拟绕了两圈。

"就算司机需要换班，乘客会不停上上下下，但这辆车会一直开下去。"

他顿了顿道，"就像你的生命。

"我好多次，真的好多次，有一种冲动，想跑过去找你，跟你说明一切。"他惨淡地笑，"但我后来发现，我们的分歧又何止这么一点。你是永生的，这让我害怕。是的，害怕，你笑话我吧。"

"为什么？"C 在问一个愚蠢的问题。

B 答非所问："我想请求你一件事，装睡吧。"

"什么？"

"假装睡去，假装不知道我要提前下车。我不会推醒装睡的你，你也可以装作不知道我已经离开。"

C 震惊地看着他。

空气寂静，连引擎声也被抽离出这个宇宙。

生命如环线，乘客终有一刻会下车。再过一百年，一万年，同一扇窗路过的蔷薇花不会是同一朵。

那双平静的蓝海终于有了波动，一行眼泪踌躇而克制地流了下来。

C 缓慢地闭上眼睛。阳光中旋舞的尘埃缓慢降落在他的脸颊上，像沙砾一般摩挲着他的皮肤。

不知过了多久，他睁开眼睛，旁边的座位已经空无一人，只留下那本他带上车的书摊开倒放在座椅上。

C 拿起来，那一页上写着这样一段话：我从来都无法得知，人们究竟为什么会在意另一个人。我猜也许我们的心上都有一个缺口，它是个空洞，呼呼地往灵魂里灌着刺骨的寒风，所以我们急切地需要一个正好形状的心来填上它。就算你是太阳一样完美的正圆形，可我心里的缺口，或许恰恰是个歪歪扭扭的锯齿形，所以你填不了。

C 这时才发现那只钢笔的笔盖在他手心留下一个微型的五角星。

## 13

榔头和钉子依次排开在地板上，由小至大，像开金属界的家庭会议一样。C正跪着维修那张破损的木桌。

桌子是他刚入行时从旧货市场淘来的，数十年过去，它终于比主人率先发生故障。

C起身去倒水，地板上一片狼藉，他需踮着脚小心避让。

电视新闻在播今年的年终总结，露丝的脸出现在荧幕上。一个人住太久的后遗症就是需要时时刻刻开着电视，让空间被声音充斥，这让C觉得与人间相连。

露丝终于从外景记者转到棚内，C为她高兴，因为他知道能坐上主播台是她毕生的梦想。

"我年纪太大了。"露丝曾对他诉苦，"电视台要为我出差投保的保险费率都涨了，所以我才有机会到棚内。"

C微笑道："是你资历服人。"

她从最苦的自然灾害新闻做起，犯罪，走私，每桩新闻都做过翔实调查，言辞犀利又公正客观，她已成为都会民众心中最可靠的新闻面孔。

C将水杯放在地上，盘腿坐下看向屏幕。

原来露丝也会老，再厚的底妆和再亮的打光也没办法遮住她的眼尾纹。但市民喜欢这样有阅历的新闻主播，每一条纹路都代表她经历过的历史，是她能沉着播报和恣意评价的支撑力。

没有人想听年少者的意见，即使她胶原蛋白丰盈，微笑有亲和力。但人生是愁苦的，而新闻尤甚。

今年官方权威岌岌可危。

总统先生在纪录片《恐怖袭击》中的形象可疑又可笑，这部影片大力抨击反恐举措，揭露战争背后的利益链条，将他塑造成小丑形象，甚至暗示袭击是这些人的阴谋。

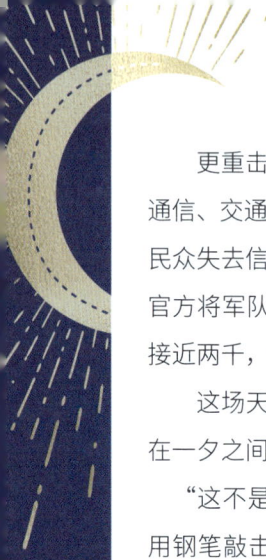

更重击官方的是年中的飓风灾难，堪称史上最失败的救灾行动之一。通信、交通和电力系统全线崩溃，救助电话中心被摧毁，救援信息堵塞，民众失去信心，一度出现混乱局面，劫匪大肆烧杀抢掠，爆炸声不绝于耳。官方将军队指派往受灾地区，授予随时击毙暴徒的权利。最终死亡人数接近两千，直至十年后，贫民聚集的部分地区还未恢复，已成死城。

这场天灾令民众震动，原来处于新世纪的强大国家，数座城市也会在一夕之间被冲溃得与外界彻底失去联通，治安混乱如地狱。

"这不是天灾，是人祸。"电视里的露丝正讲到这段，她身体前倾，用钢笔敲击桌面，极富感染力，"自贸易大厦被袭击后，总统就将重点放到反恐上，紧急事务管理署被收编入安全部，降级，裁员，削减资金，更要命的是领头人变成麦克，这位仁兄的专业背景和职业经历均与救灾毫无关联，数百万受灾民众的身家性命就系于这样的人身上……"

C 笑了，露丝还是这样敢于直言。

他起身，回去继续与那张破桌子做斗争。榔头敲击桌脚，发出"噔噔"的响声。过了一会儿，他听到回音，仿佛他敲击一下，那响声凭空生出孪生兄弟，一唱一和。

他停下来，那声音还不消失——是有人在门口敲门。

是 B。

完完全全的意料之外，C 在门后惊呆了。他们起码有一年未见了。

那人神情忐忑，举起一张泛黄的旧纸："你说过，新闻业没落，薪水涨幅比不上物价上升的速度，无论多少年后，你还会在这间出租屋。"

泪腺比大脑反应更迅速，C 在明白过来之前就觉得有泪水涌出来。

那时 B 才二十岁出头，年轻气盛，与他打一个自己会求婚成功的赌约。这么多年过去了，当事人早已过世，那张纸却还被保留着。

B 已经四十五岁，不再对人生充满好奇。

C 迈过去拥抱他。

"我以为你要用铁锤锤击我的后脑。"B 笑道。

C才反应过来他还握着榔头。

"我去救灾了。"他文不对题地解释道。

"我看到了。"C点头。

当时官方指挥一片混乱，市长与州长一度被困在旅馆打不出电话，军队又犯下将两支部队派驻到同一街区的错误。

W集团从戈市开动直升机投放物资，解燃眉之急。

"我坐在直升机上，包裹投下去的一刹那，整栋楼都被洪水瓦解，只差几秒钟，C，那些在窗口呼救的市民已消失不见。"他怆然，"那一刻，我突然想到念书时读到的一首诗，'人生原来是减法，见一次少一次'。"

C静候他继续讲下去。

"这原理在你这儿大约行不通，但这原理对我通行。"B道，"C，我已经走到了人生半途，突然发觉自己很懦弱，患得患失。灾后重建时我碰到戴安娜，她去做志愿者了，身后大批记者尾随，像做大型真人秀。"他飞快地笑笑，"她对我说，'B，不要因为害怕失去就从一开始杜绝拥有，这蠢透了'。"

这的确是戴安娜的洒脱人生观。

快去爱，快去恨，快去拥抱，快去表白。一切的关键在于一个"快"字，因为"失去"已经在路上。

是，拥有就是失去的开端，和平本就是两次战争中的间隙，没有什么可以永垂不朽，但人类的寿命如蜉蝣，每一个个体依旧得以在时间的缝隙中享受足够的快乐和阳光。

"就因为飓风？"

C立在原地。

他从小被教育需全力争取才能获得想要的东西，凡事讲求主观能动性。但这一天，他什么都没做，只是在客厅中修理一张木桌，命运就无缘无故地光临他的住所。

其实任何一件小事都会令一个中年人突生感慨，大改人生轨迹，C

有时却不解风情。

B 看对方神情犹豫，道："我只想告诉你，我退休了……各种层面上，我不会令你再被正义感折磨。"

然后 B 的脸上有一阵熟悉的触感，这个年轻强壮的人用手轻拂过他发白的双鬓。

肌肉是有记忆的，那一刹所有的回忆全数折返。

C 手中的榔头落到地上，发出"砰"的声响。

然后是持续的"砰砰"声，又有人在敲门，C 走过去开门。

"主编？"他愕然。门口站着面色铁青的主编。

"报社里有事要你回去，打你几通电话都不接，你现在是不——B——W 先生？"主编的音调一波三折，他瞪大了双眼。

"啊……"C 局促不安，双手变成了全身的累赘，一会儿将 B 拉近一点，一会儿又拉主编，"B，这是我的顶头上司。"

"你好。"B 伸出手来。

主编惊异："您为什么在这里？"

"我——"C 插进来，"我在采访他关于参与飓风救援的经历。"

"哦。"主编收回手，只一秒就反应过来，"在你家里？"

"呃，是，我家比较……僻静，低调。"C 擦拭额头的汗水，"主编您有什么事找我？"

"噢，没什么大事。"主编大手一挥，径自坐到沙发上，"既然你有活干——"他望向 B 微笑，"我们报社是宽松的放养制。"

C 有不好的预感。

"不介意的话，我们一起联合采访吧。"主编从外套内袋中掏出笔记本，"你们聊到哪里了？"

C 战战兢兢地坐在沙发边缘："我们正聊到……"

"人生苦短。"B 看了他一眼接道。

"是！"主编大人一拍膝盖，"W 先生也觉得了吗？"他竟有点顿生

伤感，想当初他的主编生涯也是自 B 成年进入交际场开始的。看着这万众瞩目的继承人一路成长，从青涩学生到哀乐中年，仿佛也是对自己过往事业的记忆巡礼。

"是，" B 微笑，用手撑住下颚，"年轻时总有拖延，因为觉得余生漫长。现在耳边会听到钟表指针在走，什么事都想立即去做，以防留下遗憾。"话毕，他望向 C。

室内无风，但他的睫毛似在上下震动，像蝴蝶翻飞的羽翼，脆弱而莫名地性感。

漂亮的人都老得格外快，大约是因为年轻时的美貌太夺目，令人印象深刻，一点皱纹都会让观众痛心惊呼。好在 B 自始至终有更紧要的事忧虑，社会责任沉重，没有心思刻意挽留青春，所以衰老的姿态不难看。

主编如同找到知音，内心激动不已。报社里都是新鲜血液，年轻面孔哪里知道中年人的心声。他身体前倾："W 先生，您真的变了很多。"

"是吗？" B 抬起眉毛看他，像是一种反驳，然后又寂寂地凝视着 C。

C 的眼神往天花板飘，生怕这种互动太过明显。

主编毫不在意："外界传您有退休的意思。"

"没错，我在物色新的总裁人选。"他交叉手指，靠在椅背上，"我的管家阿弗，我已经让他回故乡了。"

"最近股指全线大跌。"主编的意思是 B 不该在这种时刻离开公司。

"我很少在意这些，主编先生。" B 笑着轻搓眉骨，像是不好意思承认似的，"很奇怪，各人只珍惜自己欠缺的东西，其他东西再多，对我来讲也一文不值。"

"那你欠缺什么，会令你觉得其他一切都一文不值？"主编感兴趣起来。

此刻门口再次传来敲门声，C 觉得头晕目眩，来人是露丝。

"走得我好热。C，你脸色怎么这么难看？"露丝气喘吁吁。

"我……刚看到你还在电视上。"

"因为那是录播节目。"她迈进客厅，从包里掏出一支录音笔，"你说

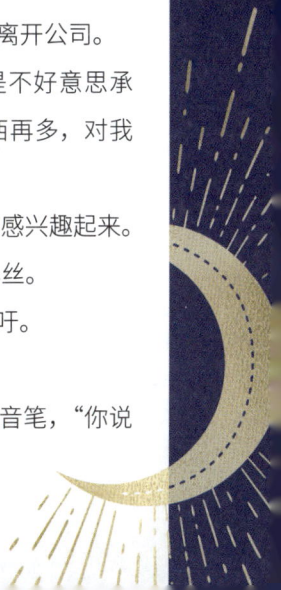

要借，我给你带来了。"

话音刚落，她就注意到此刻情况奇妙。

"B？主编？你们两个怎么在这里？"她惊奇得双手叉腰，新闻雷达轰鸣起来，仿佛随时要进行新闻连线直播。

"我们……在采访 B。"C 吞吞吐吐。

露丝才不听信，她轻哼一声，熟门熟路地走到冰箱旁取了一瓶冰镇可乐喝了一口，然后拿起录音笔坐到沙发上，进入这混乱的战局。

"我可以加入吗？B 可不是常能遇到的采访对象。"她不等回答，就按了录音笔的开关，屏幕上的红点亮了起来。

"C。"B 轻轻说了一句，然后嗤嗤地笑了起来，他用大拇指托着下巴，食指放在眉骨旁，像一种徒劳的掩面姿势。

"什么？"C 诧异，以为 B 在叫自己，"你也要喝可乐吗？"

C 踌躇地走到冰箱旁。

"我是说，C。"B 像没听见，径自对着主编道，"你刚刚问的问题，答案是，C。"

录音笔上的红点还在闪烁。

那句话没有消逝在空气中，而是被永远地记录在某个地方。

✦✦<br>14<br>✦

午后四点，空中飘起细密的小雨。天色暗沉下来，像沾了水的笔刷在天空中一缕一缕来回加深，粗糙又毛茸茸的，像灰鸽的湿润羽毛。

这个村子像被抛掷在工业文明之外，传统的建筑，古旧的村舍，远远近近毫无逻辑地点缀在草地上。

C 敲响阿弗家的大门时，雨势加大了一点，他浑身湿漉漉的，门口那盏昏黄的吊灯照得他外套上的水渍反光。

阿弗给了他一条柔软的毛巾，带着樟脑丸的香味，混合了点陈年老酒的气息。

旁边的火炉滋滋地燃烧着，整个空间温暖而静谧。

"C先生，你应该不太习惯这里的湿冷天气吧？"阿弗将陶瓷白盘叠好，发出清脆的声响。

"阿弗，我想请你帮一个忙。"

老人坐下来，行动迟缓，但动作依旧优雅。他从框架眼镜后仔细地看C，确认了他的年轻模样。

"我想知道，B去哪里了。"

阿弗用手指摩挲那根红木拐杖："如你所见，他不在这儿。"

"你知道他会去哪里吗？"

阿弗笑了笑："C先生，我这里没有电视机，没有网络，只有一台接触不怎么良好的电话机。我的通信不好，你看得出来，是吗？"

C语塞，他知道他在病急乱投医。

"也许你先该告诉我发生了什么。"

"好。"C焦虑地站起来，在低矮的木屋里绕了几圈，毫无头绪该从何说起。

"——前几年我们过得很好。"C突兀地开头。

"要喝茶吗？"阿弗递过一只小茶杯。

"谢谢。"C接过来，温热的水在混乱地碰撞杯壁，他才发现自己手抖至此，"对不起，我似乎太紧张了。"

他垂下眼皮不合时宜地自嘲道："我不知道怎么讲这整件事，原来坐在受访者的位置是这么困难。"

阿弗理解地微笑，他摊开双手："我没有话筒，C先生。"

"也许我该从我们最后一次见面说起。

"我和他去看橄榄球赛，一切都很好，他一直在吃薯条，而我则提醒这高热量会让他在健身房多跑两个钟头。全场气氛热烈，戈市队领先，

然后突如其来一阵巨响，球场陷进一个大洞中。观众一开始没有反应过来，然后有一群武装的人出来了，他们宣布即将毁灭整个城市。"他停了一会儿，"阿弗，这太不可思议了，是吗？"

"然后呢？"管家问道。

"然后我看到有个球员快要坠进炸毁的废墟洞里去了，我就飞过去救他。"C发觉阿弗并不惊讶，仿佛早就知道他的隐藏身份。

"我将他拽起来升到空中的时候，看到整个戈市都在爆炸，坍塌，尖叫声响成一片。每个地下管道都变成了火药库，阿弗，那是人间地狱。

"于是我将他放到都会，然后飞回去。"

阿弗看着他："B少爷已经不在原地了。"

"是。"

"你再也没见过他。"

"我回家，看到他的战服不见了。他说过……他退休了。他说过的。"C像是被成年人再次欺骗的孩童。

阿弗倾过身体，用满是皱纹的手覆在C的手上："这是他的城市，C先生。即使它腐败，贫富悬殊，治安混乱，市民自私，但……他爱戈市如同爱自己的生命，也许还更甚。"

"你看起来一点也不担心。"C困惑。

"因为我已经知道担心无用，"阿弗叹气，"C先生，如果你早几年认识我，你会看到我比这世上任何一个人都担心。奇怪吗？我现在可以这么冷静地跟你说话，但过去，我会摔碎茶杯，我会坐在监控器后面监视少爷的每个举动，敦促他和我汇报，一刻不停歇。我也会变，难以猜到，是不是？人们以为皮肉老了灵魂也会静滞，但事实不是如此。在你的印象中，我从来都是一个苍老佝偻的形象，但六十岁与八十岁也有区别，只是人们难以察觉。

"到了我这个年纪，就不得不相信命运了。"他缓缓地接回那只茶杯，"C先生，你听过吗？一个人爱什么，就死在什么上。"

C 脊背收紧："您是说 B 已经死了。"

"不是。"阿弗道，"我只是在说一个全世界通行的原则。如果这是 B 的命运，那我们谁也没法扭转。"

C 咬住牙齿："但我不可以坐以待毙。"

"C 先生，我知道你可以拯救任何一个人——但前提是那人愿意被拯救。"

"什么？"

"如果他呼救，我相信你听得到。"阿弗看着他。

C 如遭雷击。

那年他们都年轻得不像话，在摩天大楼的楼顶看夜景，风如流水，星光从苍穹倾泻到地面。他们漫无边际地聊天，C 说他可以感应到在意的人的呼救声，B 却突然没了声响。

C 问他在干吗，B 如何回答？

"我，我刚刚在心里疾呼。"然后 B 一跃而下。

像是一次处心积虑的预告。是，如果 B 需要被拯救，他会疾呼。

到底发生了什么，让他不想重返 C 的身边？

也许他在某个地下监狱，被打到脊骨折断，瘫痪不起；也许他双目失明，头破血流，浑身恶臭，令人厌弃；也许他获得了帮助，又或靠自己的气力缓慢恢复。

无论如何，他一定非常痛苦，却屏住呼吸没有呼救。

只要他发出一点信号——

C 突然站起来，无法自持。

"对不起，阿弗，我要先回去了。"他用膝盖撞开矮凳，发出闷钝的声响，仿佛他心脏内壁的回音，"谢谢你的茶，再见。"

他没有和主人做任何视线的交流，近乎失礼地冲出木屋，然后呆立在屋檐，一串冰冷的雨水打进他的头发，顺着耳朵流下来。

"你知道一个故事吗？"那熟悉的声音如狂风灌进他耳膜。

"一个哲人让学生走进一片苹果树林，从头走到尾，选一只最大最好的苹果，不许走回头路。有学生在走完后请求，'再让我选一次吧。刚走进树林时我就看到了一个很大很好的苹果，但我想找一个更大更好的。当我走到尽头时才发现，第一次看到的那个就是最大最好的'。"

另一个声音响起来，是他自己的。

"所以呢，这是一个……哲理小故事？"

"是吧，我想。"属于 B 的声音渐渐重了起来，一呼一吸都仿佛在他耳边，"可能是后人杜撰的都说不定。但我想的是，你就是那颗最大最好的苹果。"

"哈？"

那声音变了方位，凌空在 C 的头顶，一个轻轻的触碰，带着床单上淡淡的洗衣粉的味道："我八岁那年遇到你，我想，这个人怎么可以这么好，他的手这么暖。但我又想也许我以后会遇到更好更暖的人也说不定。我不停地遇到各种各样的人，直到现在，我终于明白，你就是我的树林里最好的那颗苹果。谢谢你折返过来。"

那段对话以一个拥抱结尾。

C 孤零零地站在门口，胸口阵痛起来。回忆像浪潮扑卷过来，他们也曾有过田园牧歌式的生活。

"你看这张照片。"B 举着一张泛黄旧照赤脚走过来。

C 紧盯电脑屏幕："慢点，拜托，我还有一百字就写完这篇报道。"

"你一定看不出玄机。"B 有时像幼稚儿童。

C 的视线里杀出一张照片，覆盖在电脑屏幕上，从背后发出透亮的光。

很普通的画面，儿童时期的 B 站在游乐场边，后面是高度骇人的过山车，五彩缤纷的曲线。

像是等不及提示似的，B 指了指照片中自己身后的标示牌。

"有心脏病的人不宜尝试。"

最常见的提醒，但 C 仍不得要领。

"再看仔细。"

原来 B 站的位置刚好盖住了"病"这个字，于是标示牌上的文字就变成了"有心脏的人不宜尝试"。

那孩童毫无知觉地骄傲地站立在中间，这标识变成了他的座右铭，像是对这世界的善意提醒。

B 先生，危险人物，古怪乖张，捉摸不透，他会令人失重，惊骇，尖叫，受伤，凡有心脏的人都切勿靠近。

"我想试试，我不会流血。"C 轻触停留在屏幕前的那只手腕。

风雨变得更大了。背后响起开门声，阿弗在屋里递过一把黑色长柄伞。

"雨太大了，C 先生。"

"谢谢。"C 转过身，睫毛、眼窝和脸颊上全是水。

为什么会这么惨？因为强壮如神，所以无法为你粉身碎骨。

## 15

手机屏亮了起来，那是一个陌生的号码。

C 与露丝相识近三十年，却第一次接到她丈夫的电话。

"露丝出了车祸。"听筒里那个男人语气焦急，请他立即前往 M 城。

"什么？"C 惊异。

"她说过，出任何事情都第一时间联系你，她说你有能力去任何地方，我还在让我的秘书办签证。"

"她为什么会在 M 城？"

"她……"男人犹豫了一下，"好，我相信你信得过。她在采访雪诺。"

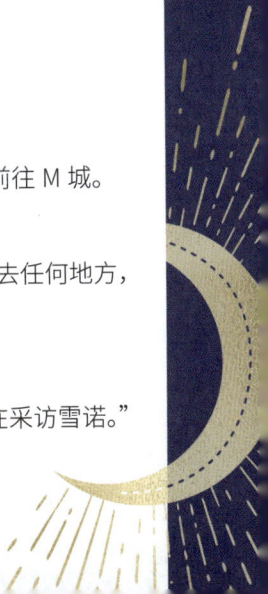

那一年最瞩目的人物，悍然揭露了官方的监听计划，搅得天下大乱，调查局和情报局想将他捉拿归案却无果，他成功取得 M 城的避难许可。

C 不知道露丝竟然联系得上他。

C 抵达医院的时候露丝正动完手术。

"你还好吗？" C 俯过身，握住她的双手。

麻药刚过，那新闻女强人的额头冒出冷汗："C，我的录音笔还有所有资料袋都被抢了。"

"什么？"他明白过来，车祸是幌子，背后的目的不言而喻。

"C，"露丝反握住他的手，指尖狂颤，"帮我找到，拜托，记者永远不可辜负受访者。"

"好。"

C 不知道自己原来可以飞得这么快，几乎以光速反绕地球数圈，仔细搜寻每个角落，但毫无收获。

世上很多东西不会裸露在表面，静候他发现。

比如 B。

C 已经丢掉他长达半年了。

他颓然地回到地球。

M 城医院没有露丝这个人。

"不可能，她前天入住这层病房，612。" C 紧贴咨询台，"再查一下，拜托。"

"先生，真的没有。"护士用磕磕绊绊的英语回答，"六月八日一整天都没有一个外国人入住。"

"不可能……" C 困惑，突然他发现了什么，"等一下，你说什么？"

他穿越了时空，回到了两天前。

"现在是几号？"他激动地大喊。

年轻护士被吓一跳："六月十日。"

是，就是露丝出车祸的那天，C难以置信。

他狂奔出医院，用手机呼叫露丝："你在哪里？"

"C？"对方语气迟疑，"我在M城啊，怎么？"

"我是说具体哪里！"

"啊？"露丝不解，"是不是主编听到什么消息，让你来和我抢新闻。听着，这次非同小可，我可是……"

C难得打断她一次："告诉我，你的确切位置，快。"

"这是受访者的隐私，"露丝坚持，"我只能告诉你，我在往塔林大厦的方向走，我今晚住M城都会酒店——喂？"

C挂掉电话。

他到达那条街的时候，有一辆黑色皮牌正从巷道里冲出来，往人行道上狂驶。离露丝只有几公分的距离，骤然停下，银色的金属车头呈现出可怕的凹陷，像被击了一掌。

"没事吧？"C用脊背抵住那车的缓冲。

"C？"露丝惊魂未定，"你……"

"你有没有受伤？"

露丝毫发无损，双腿健全，只是膝盖处的丝袜有擦破。

"资料还在吗？录音笔？"C捏住她的办公皮包。

"在，在，在，都在。"露丝声音颤抖，迅速确认了一遍。"C，你知道有事会发生？"

"听我说，这里有危险，"他焦急地环顾四周，有行人驻足，拿着手机拍摄，"我送你去机场，你坐最近的航班回都会。"

"好。"露丝回答得干脆利落，她无条件信赖这位好友。

机场繁忙依旧，人人快步走直线，像行李传输带，一刻不停地在自有轨道上运转。

"C，现在可以告诉我发生什么了吗？"

他们坐在候机厅，突兀的两个人，没有一件行李。

"我知道这很疯狂——但我好像可以穿越时间。"

露丝瞪大了双眼。

他们两个人都知道这意味着什么。克星人，可以有更大的力量拯救这世界，他可以预知未来。

有"砰砰"拍打麦克风的声音，服务台开始播送飞机延误的信息。先是从这个登机口开始的，然后是下一个，慢慢地，整座机场的航班信息板从绿色翻成红色。

"C，"露丝惊骇但缓慢地说道，"你……确认吗？"

"是，我见过两小时后的你，被车撞倒，在 M 城中心医院接受手术。"

她张大了嘴，却没有任何声音发出来，像短暂地失去了语言能力。

因为全线延误，机场的乘客变得越来越不耐烦，手机铃声响成一片，有人起身来回走动，撞倒了旁边人的登机箱。

"C，你——"她收紧下巴，仿佛在吸收庞大的信息，"你，你应该回到更早的时间点，提醒我不要用那罐过期的面霜，它会令我脸颊过敏。"

C 哭笑不得，这位坚强的女性老友可以消化任何信息，她重新恢复了幽默感。

"哦，天哪——"他们身边的一位老妇人叫道。

C 的视线转到候机厅的新媒体荧幕上。一个新闻节目，他看不懂下面飞速放送的字幕，但实时画面已经足够震慑——是爆炸。

露丝的手机合时宜地响了起来。

"我电视台的同事。"她在笔记本上飞快地记录什么，然后挂掉电话，"C，我想我们今天回不去了。"

"为什么？"

似乎全世界飞往 A 国的航班都延误了。

"戈市的那个炸弹，爆炸了。"她握住 C 双手，"但是在海面上，暂无人员伤亡。"

所有问题、所有疑惑一时间冲进他的大脑，沸腾喧嚣，大喊大叫。

但最终他平静地开口："和黑暗骑士有关吗？"

露丝迟迟不开口。

"露丝。"

"是。"她道，"有目击者看到黑暗骑士的飞机飞向海面。"

C 好像早就知道这个结局。就在那里，遥遥地立在视线的尽头，模糊，但笃定，总有一天会抵达那个点。

一个人爱什么，就死在什么上。

一时间，机场的声音消失了，整个空间像被掷入海底的真空胶囊，安静，窒息，缓慢运转，所有人都变成了慢动作。又一会儿，那些声音渗出来，在四周墙壁来回反弹，跌宕，不断加深，盥洗室的开门声，空中小姐高跟鞋踩在地上的敲击声，行李箱轮子的滚动声，中年人拨不通电话，被留言机一遍遍阻挡回来……全世界的声音都集中在这里，像要爆炸。

C 的意识恍惚了数秒，直到他听见露丝在问他。

"你还好吗？"

他突然笑了，难以自持地笑："露丝，你是金牌主播，不要问这种显而易见的问题。"他艰难地用手指撑着太阳穴，仿佛这已用尽他全身最后一点力气，再一秒就会垮塌。

露丝从未见他流泪，坚固的蓝宝石也有融化的一刻。

"这不公平，露丝。他根本不欠那座城市什么。"

这是他的命运，阿弗的话在耳边响起来。

然后是另外一个声音。

"天哪，我第一听说还有人相信事在人为。"B 大笑，用双手拢成正方形贴到眼睛处，"你是我见到的活体标本吗？"

"性格决定命运。"C 耐心道。他想，对方真的是太玩世不恭，颓废漠然，才会令他放任至此。

"没错，但性格又由什么决定？"B 站起来，"命运！你的性格，是由你的基因，你的原生家庭和你在幼年遭遇的人与事塑造而成的。而这些，全由命运决定，由不得你。奇妙吗？无解的闭环。那些重罪嫌疑犯，半数以上都有家族精神病史，父亲酗酒，母亲堕落，简直是统一的模板，原来他们自出生开始就没有一点机会走上正常的道路。"

那是他做出那个决定的时刻。


"露丝，我可以对你做一个采访吗？"

"什么？"她大惑不解。

"因为……"他顿了许久，"也许下次我回来的时候，你我已经不认识，你也可能不再做记者这一行了。"

她立即理解过来。

"你确定？"她知道自己无法阻止。"你知道这会改变很多。"

"是。"

"那些被黑暗骑士救过的人，可能会死掉。"

"也可能根本不会遇到险境。"

蝴蝶效应。

命运是一棵分叉太多的树。

他从来不欠这个世界什么，现在他要行使漫长人生中唯一一次自私的权利。

"这是我们最后一次见面了吗？"

C 将她手中的资料本卷成一个话筒的样子，说道："露丝姐，请问你童年时对未来的职业有过什么规划？"

"我从小就想当律师。"她笑中带泪，"可惜考试好难。"

"我会找到你。"C 注视着她的双眼。

"而我会继续让你做我的男友，在学校舞会上大出风头，然后和你分手，每周找你诉苦两次，直到你厌烦。"

C微笑，依旧举着那纸做的话筒："作为都会市民，你怎么看待克星人？他是不是笨拙？"

"是。"

"不解风情？"

"是。"

"太过自私？"

"完全没错。"她用力拥抱对方，"但我想，他有这样的权利。"

## 16

C感觉到传呼机震动起来的时候，正穿着紧身的白色背心在小旅馆的洗脸池前刷牙。

是副主编发来的信息，请他立即回消息。

他将含在嘴里的半口水吐掉，侧过头，用挂在肩膀上的毛巾擦掉下巴上的牙膏渍，然后叹了口气。

他眼下在戈市出差，跟进最近令社会震动的地下天然气泄漏事件。戈市一向治安混乱，所以都会的报社派出最身强力壮的C先生前来采访。

接连几日半夜接到副主编的紧急传呼和进度查问，他几乎疑心对方也是外星人了，和他一样作息与常人迥异，越到深夜就越精神旺盛。同事们已达成共识——"就算是克星人在他手下打工都会受不了"。

C从房间里披了件薄外套，走到服务前台借电话。

没错，距离他未来入职星球报社还有些年头，现在他供稿的报社小到令人心酸，经费不足。他住的旅馆设备简陋，从外面看看像黑店，里面也没有浴室和电话。

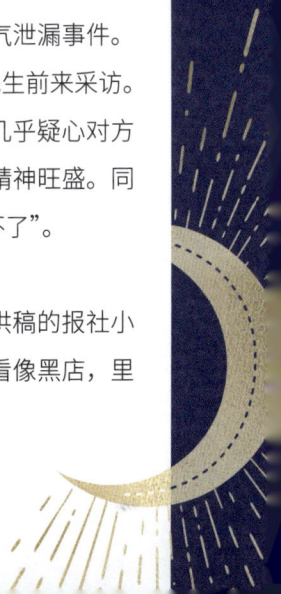

"喂？"他拨通电话。

"C，有没有采访到天然气公司的经理？"

"还没有，他一直在躲记者，但我拿到一份关键资料，"他停下，举起左手看腕表，"主编，我现在有事，等会儿回电，抱歉。"

"哈？"对方不可置信的语气被切断的嘟嘟声盖过。

C 到达电影院的时候，午夜场刚散去，那对穿着昂贵套装的中年夫妇应该就是 W 夫妇。

戈市的深夜，冰冷寂静，有零星的口哨声荡在半空，与雪花一齐悠扬落下。

"你好。"C 大大方方地走过去。

那美丽的妇人下意识地将他们的孩子 B 护在身后。

"我是都会报社的记者，"他举起记者证，"想采访一下 W 先生关于这次股价下跌的……"

中年男人伸手晃了晃："对不起，现在是我私人时间，采访请致电我的秘书预约。"他的语气礼貌但冰冷。

"好。"C 笑道，却没离开，与他们隔着一段距离，一路尾随。

直到地下车库，W 先生终于忍不住快步上前，揪住 C 的衣领，气愤道："记者先生，请不要太过分了，再跟踪，我会报警的。"

"抱歉。"C 举起双手，"我刚进报社，主编给我的压力大。我就跟到这里为止，抱歉。"他诚恳地道歉，令对方勉强松开拳头。

正被母亲抱上车的 B 在车门口回望他。

奇怪的人，B 一定这么想着。

直到坐上车的后座，母亲给他整理外套，他还不停回头去看那个人。

C 就这么站在那里，白衬衫，牌其色裤子，运动鞋边缘蹭了点泥，背着一个很丑的公文包，像是上世纪的古董文物。

B 当然会马上忘记童年里出现的这个陌生人的。

　　他会顺利升学，在寄宿学校认识三五个死党，热烈地追求啦啦队队长，在毕业舞会上将自己扮成某个搞怪的形象。大学第一年，他对未来的规划还是一片混沌，先组了一个乐队，很快解散，但玩得足够开心；第二年他遵循父母的意愿修学商科，但成绩不如人意，后来转学法律才找到合适的道路，成了戈市最年轻的检察官，疾恶如仇，将罪犯统统绳之以法，定罪率名列前茅，是杂志最爱采访的青年才俊；麦琪、戴安娜、格登，这些人他一个都不会认识。最终他会和一个漂亮的外科医生结婚，有儿有女，家庭幸福美满得不像话。一年有一次长途旅行，去希腊晒阳光浴，或是去瑞士滑雪，有一年摔断小腿，已是他人生最大的挫折。他和所有的普通人一样，在快退休的时候身体出现一些问题，厌倦了湿冷的气候，举家搬到西海岸享受充沛的阳光。女儿毕业后去非营利组织工作，儿子则念到了博士，聊天话题都是高新科技，他竟觉得自己有点儿落伍，戴着老花镜在餐桌边看报纸，新闻界一如既往地没落，头版头条都是政客的花边新闻。

　　他当然不会记得 C。

　　那晚的电影很精彩，爆米花也很甜，回家的时候电台在播放老歌，烟嗓歌手反复吟唱"Please keep the love I don't deserve"，旋律伤感。
　　B 回头看了最后一眼。
　　那个陌生男人还伫立在那里，像被定住了一样。

*End*

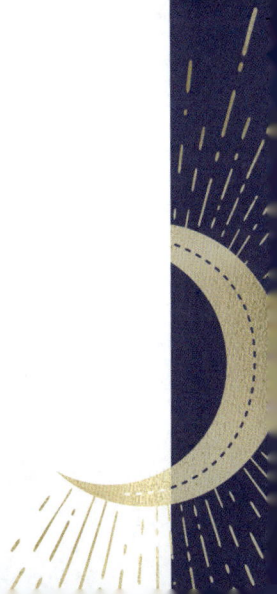

ZHEN
XIANG

# 北归

● 文 / 钨钢勺

重度拖延综合征患者。
已与拖延症大战三百回合，然而胜利遥遥无期。
新浪微博@钨钢勺

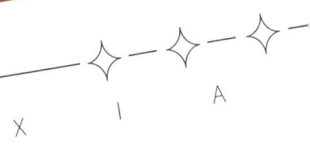

X I A

他们互相笑了笑，谁都没有走近，谁都没有说话。

他们做了无数设想，想象了他们的无数次初遇。

# 北归

◐ 文 / 钨钢勺

重度拖延综合征患者。
已与拖延症大战三百回合，然而胜利遥遥无期。
新浪微博@钨钢勺

## 01.

九月的凌晨四点，港口还笼在一片朦胧的晦暗里，往来的工人扛着货物健步如飞，甚至还有力气用余光瞥着蹲坐在角落的小孩儿。

"哟，阿K今儿自个儿来啦？"工人脚步不停，抬着木箱的一角，大声喊着。

那小孩儿抬起头来，他年龄不大，只有十三四岁，一双眼明亮得很，这些熟练工在黑暗中能看到的，他也能分毫不差地看到。

小男孩笑嘻嘻地喊回去，声音十分清亮："是啊，张叔早！"

男孩的肩上搭着布巾，身上套了一件薄褂子，在初秋的清晨是有些冷的，但他不以为意，还用手敲着一旁的车杆玩。

那是一辆老旧的黄包车——确切地说这实在算不上是黄包车，车身的黄漆都已经掉得差不多了，斑秃似的只剩零散几块。

但他还是很得意。那是他的黄包车，他自己的。

阿爹给他的时候还很舍不得，明明已经买了一辆新车了。他怕阿爹耍赖皮，赶忙站在一旁，背课文似的背地名，从西三弄到东四街，阿爹忍不住笑了，他才停下来，带点儿委屈道："说好了的。"

阿爹把车往他那儿一推，厚着脸倒打一耙："也没说不给你啊。"

他其实明白阿爹的心思，谁不想送自己的小孩儿安安稳稳地去念书呢？

可钱……钱是个好东西，而他们没钱。

他从未向阿爹提过念书的请求，即便阿爹时常拣回几本皱巴巴的旧书给他，他往往也表现得兴趣缺缺。

不愿让人为难像是他的天性，从孩童时期就无师自通。

凌晨五点的时候，天蒙蒙亮，遥远的海面浮现出一个黑点，而后传来一声悠长的汽笛声。小孩儿站了起来，他今天早起为的就是这趟生意。世道不太平，最近又有大批的人从桁城回来。

小孩儿心思活络，这趟清早的班次，自然会有大把的普通乘客，既没有私家司机来接，又等不到缓慢的铛铛车。

但显然有这想法的不只他一个。

轮船甫一靠岸，四处突然就涌出了许多车夫，与刚下船的乘客热火朝天地谈几个来回，就熟稔地把人拉走了，等小孩儿好不容易挤进去，剩下的都是些西装革履的大人物了。

大人物多半是有私家车的，他在原地踌躇片刻，不敢贸然上前过问，又不甘心就这样走了。这样纠结的时候，身边经过一位衣着讲究的先生，戴绅士帽，大衣搭在手上，身穿衬衫马甲，手拎皮质行李箱，走得很慢。

大概是那人不疾不徐的步伐给了他一点儿胆量，小孩儿追了上去："先生，您要坐车吗？"

那人回过头，自然地摘下帽子，看清小孩儿模样后，停顿片刻，道："好。"

倒是小男孩有点愣神了，他没想到这位"先生"这样年轻，黑发衬着俊朗的脸，似乎只有十六七岁。

什么样的人物，才会在十六七岁的年纪，独自从桁城坐几天的轮船回来呢？

他这样想着，伸手想去接对方的行李箱。这人却不合常理，客客气气地跟他说："不必。"

于是男孩又指了指自己黄包车的方向，请人同他一起过去，走了两步才想起该让人在原地等候，由他把车拉过来的。

男孩连忙道："请您在这儿稍等片刻。"

对方一愣，明白他的意思后，又客客气气地摆了摆手："只一小段路，不妨事。"

小孩儿只好又小跑着在前面领路。

拉车这回事，跟跑是一种样子，自己单拉又是另一种样子。

他想，可真够手忙脚乱的。

很快，小孩儿就明白了这位是什么人物。

"劳驾去城南的 W 家，"那人说完，又觉得这说法太含糊，补充道，"德仁堂戏楼西侧的那一户。"

小孩儿自然是知道的，W 家是做绸缎生意发家的，与军政界也都有往来，是有名的大户人家。前阵子总华捕的夫人过生日，还特意找他们家定制了旗袍。

他不仅知道 W 家，还知道他们家独子的诸多传闻。

这代当家人只生了一个孩子，又很低调，到现在市面上还有揣测他们家独子是男孩还是女孩的。小孩儿在街头巷陌长大，听过的闲话太多了，对这位素未谋面的独子有一个粗略的印象，这印象与黄包车上的年轻乘客一比对，倒也有几分合适。

他不着边际地胡想，大户人家的小孩嘛，总是少年老成的，小小年纪，一个人跑去桁城，在连天炮火里念书，时局乱了，就又一个人几天几夜地坐轮船回来。

这么一想，嘿，他跟着阿爹满城跑的日子反倒舒坦了。

就这么想着的时候，那位疑似 W 家独子的年轻乘客，在他猜测的印象里，本该是欲着的、端着的那么一个人，突然与他搭话道："师傅你怎么称呼？我叫 W。"

小孩儿一时不知该怎么接话。他长这么大，还没被谁称过"您"，跟着阿爹拉车的经历里，也没碰到过主动做自我介绍的乘客。

于是男孩只得磕磕绊绊地答道："我……大家都叫我阿 K。"

年轻的乘客似乎没计较到他的局促，而是自顾自地念着男孩的名字，像是很认真在记。

其实 W 之前见过更小的孩子出来讨生活的。战争不会善待任何一个地方，桁城的街头，也总徘徊着瘦小的孩子。比如乞讨的孩子、卖报的孩子。

他总是于心不忍，见了就尽力地帮一把，明明刚到桁城的那年，他也不过十四岁。

而 K，这小孩儿突然地出现，W 能看到他问话时紧张地攥着手，但 K 仍旧勇敢地问了，K 指着黄包车的方向时，眼里闪着夺目的光。

他浑身上下，没有半点儿愁苦。

W 看出小孩儿大概是头一回拉车，也看出小孩儿很聪明。梨园路的转弯口，立了块封路的告示牌，小孩儿看得懂，却也没走告示上建议的大路，而是绕道走了另一条小路。还怕他误会，同他解释说大路上有所学校，正是上学的点，又加上封路改道，估计会堵。

积极的，识字的，机敏的。

这样的孩子，只局限于车夫的职业，总是太可惜了。

世人多半不愿平白受人好意，W 也不愿强加好意于人，于是他先是问过男孩子姓名，以表明自己尊重的态度，等到了家门口，付过钱，才又问："我每周要去两趟书局，你能定期过来吗？"

◇ — ◇ — ◇

◇ — ◇ — ◇

　　K 把第一笔收入小心收好，突然接到了长期的活儿，终于像普通小孩儿似的笑起了来，朝 W 点了点头。

　　他不明就里地想，W 真是个特别的人，跟哪种传闻都不一样。

## 82

　　"今早堂妹读报，读到了你的文章，"W 说这话的时候，面上带笑，"她实在很崇拜你，还想托我联系报社的朋友，前来拜会你。"

　　K 也笑了，问道："那你怎么答？"

　　"我告诉她，比起登门拜访，要是她能老老实实地念书，你大概会更高兴。"

　　"我猜她不会信的。"

　　"自然不信，还嚷着要给报社写文章，求他们盯紧了我，别让我这样无趣的人同你做朋友。"

　　"正好我在青年报还有一则稿件没写，不如写一篇《论青年人读书的重要性》，好让你的堂妹安安稳稳念书去。"

　　七月末的夜里，终于消去几分暑气。天气晴得很好，星与月都很清晰。

　　K 与 W 缓步走在江边，夜风裹着江面湿润的水汽拂过他们，他们不时的谈笑声也像夜风一样，温润地散在夜色里。

　　W 又一次问了 K 对未来的打算，得到的也仍旧是一样的回答。其实W 是知道结果的，在开口过问之前就知道了。K 一直是个很有主意的人，决定了的事，就不会轻易改变。

　　在刚认识 K 的时候——那会儿他还是个十四岁的孩子，虽然 K 细瘦的模样看起来只有十一二岁。每周书局往来两趟，不出半月，W 就看出这小孩儿对念书是有向往的。

K 抬起头，他隐约猜到了什么，但他只是等着。

他听到 W 说："小 K，我打算去当兵。"

这个决定 W 从未向他透露过，但他并没有多么诧异。

W 是怎样的人，会做怎样的事，这三年的时间他已经足够了解了。

于是片刻的安静后，K 只说："那好，我等着为你写捷报。"

## 83

然而 K 最终也没能为这场漫长的战事写下捷报。

就好像残酷的现实终于盯上了成年之后的他，先是他与阿爹租的房子被房东紧急收回了，而后阿爹又被隔壁夫人的车行算计，罚了一笔钱不说，连车都被扣下了。种种打击下，W 原本想长久坚持的拉车、写文章两件事，也成了一个奢侈的梦。

同年的深秋，K 转手卖了自己那辆陈旧的黄包车，换得一小笔钱，他把钱给了阿爹，作为家里的储备，而后前往青年报社应聘。报社终于得见这位"Aug."的真容，但他自此不再写文章了。

他开始踏踏实实地上班，做一名报社的编辑。

W 给他写过信，是寄去报社的。他不知道 K 已经在那儿工作了，收信人写的还是当初负责"Aug."的编辑。信里只几句话,问 K 的近况如何,说自己时常在山野旷地，难得见到报纸杂志，偶尔见了，也找不到他的文章，叫他很不放心。

K 看了，却也没法回。来信是从庐省寄出的，可报社新接到的消息，队伍已经到岐川了。军队总是没个定处的。

于是 K 只得再次动笔，时不时写几则战况报道,也不知 W 有没有看到。

后来战况愈发吃紧，再没有信，他所在的报社也分成了两个新社。

很长一段时间，他与 W 再无联系。

◇ — ◇ — ◇

他们道别前的最后一面，是在 K 十八岁生日的第二天。

又是清晨的港口，K 记得他们三年前的相遇，也是清晨，也是港口。

在上船前，K 对 W 说，自己有个问题，想等他回来后再问。

然而 W 却温和地笑了，说不一定能回来呢，还是现在就问吧。

他们都知道战争的残酷，他愿他平安，而他告诉他不必担心。

温柔与果决，好像是他们的共性。

他们时隔多年的再次见面，是在战争结束的后一年了。

那是战后一周年纪念的庆功宴，彼时 K 已经升为新社的副主编，与隔壁报社的主编面上其乐融融地寒暄着，还有几位刚上任的年轻记者跟在他身边，满腔热情又毫无章法地提问。K 耐心地解答，态度从容又温和。

好像就是在这个时候，身边簇着人群，耳里尽是音乐与谈笑声，一片喧闹之中，他的目光不经意地落在宴会厅的另一端，就看到了 W。

他也被簇在人群里，穿着军礼服，好像还是当初那样，又好像变了不少。他也望着 K，在 K 看到他之前，就长久地望着他。

目光碰在一处了，K 朝他遥遥地举了举杯，他也是。

他们互相笑了笑，谁都没有走近，谁都没有说话。

十八岁那年，在港口，K 最终还是问了 W。

初升的晨辉洒在他们身上，他说："W，假使当年在这个港口，你遇到的是另外一个小孩儿，你也会帮他的。"

W 听到这里，便明白他要问什么了，他把手放在 K 肩上，很轻地拍了两下："我也会帮，但……"

W 没有把话说完，K 也没有追问。他们互相笑了笑，K 目送 W 远去，最后在熙熙攘攘的港口独自站了很久。

在报社收到 W 的来信时，K 写过一封回信。

这封信没法寄出，写完就被他烧了，但他写得很认真。

信的末尾，他说，若你我相逢百年后。

初春的天气，近晚上七点，天已经黑透了。

K独自走出练习室，路灯照亮了楼门口的一片水泥地，而灯下站了一个人。

"W？"他这样问，却并不怎么惊讶，迎面走过去。

"我就猜你大概这个时候下来。"W笑着说。

楼门口的这一片是摄像头拍不到的区域。W和K碰了碰拳头，两人的影子被路灯印在地上，无声地触碰在一起。

而后W凑过去，像说悄悄话一样："小K，我想了想你刚才说的话。"

K就笑眯眯地等着。

下午休息的时候，他和W天马行空地聊着天，说假如他们不是以练习生的身份在节目里相遇，而是班上的同学、小区的邻居、单位的同事，或者街上擦肩的路人，那会是怎样的情况。

他们做了无数设想，想象了他们的无数次初遇。

那会儿K说："我们的身份有万千种可能。"

而现在，在楼门口的路灯下，在此时此刻。

"我们的身份会有万千种可能，"W点点头，面上端的是一本正经，"但心不一样。"

K笑着偏过头，想，这个人怎么能这样会说。

但恍惚中，他又觉得，这是似曾相识的。

*End*

明明是黑黢黢的雨夜，却闪着让人躲闪不开的水光，

像是被这场大雨赶走的星星全都躲进了他的眼里。

ENG XIANG SHI Z

潜入者

◆文/左夏

重度拖延综合征患者。
一个平平无奇的甜文写手，用文字说最动人的情话。

# 潜入者

◆文 / 左夏

重度拖延综合征患者。

一个平平无奇的甜文写手，用文字说最动人的情话。

01

　　数字减少的银行卡，嘴上一套背地一套的口是心非，突然靠近的肌肤相触，和被人企图跨越界限的试探。

　　以上，是 A 人生中少且仅有的几项讨厌的事情。

　　他是个原则性强又不拧巴的人，所有看似不可调和的矛盾都能在他身上变得理所应当。

　　就像他虽然对人亲切又爱玩闹，看起来像个好欺负的人，但当他划定的自我领域被侵犯时，他便成了太极宗师级人物，会不动声色地将所有被他视作冒犯的行为推开。

没人能在 A 的"泥鳅大法"下占到他任何便宜，从无例外。

A 垂眼，看着笑得整个人都靠在他身上，一双手还无意识在他肩膀上拍来蹭去，换个性别，就能算作几乎要把他"A 家豆腐铺子"吃到倒闭的 B，头疼地想：事情怎么会变成这样？

## 02

A 觉得，B 这个人有些过于表里不一。

最开始两人见面时是在学打戏动作的武馆里，A 手脚有些不协调，学习速度跟不上 B。

慢慢地，A 有些内疚和着急，连武术指导老师都心软地安慰他：不是你学得慢，是 B 学得太快了。

但 B 一句话不说，冷冰冰地在一旁练自己的动作，高冷得让他有些不敢接近。

结果进组相处了一段时间，两人真的熟起来后，B 整个人就像化开了的冻梨一样，虽然还留着一丝冰凉，但吃进嘴里又软又甜的。

B 对熟人是毫无保留的好，所以当 A 被划进他的"熟人"领域后，也享受到了这份特殊待遇。

B 总会毫无保留地教自己一些有趣又相当有用的小妙招，把原本做到一百分的场面呈现拔高到一百二十分，B 也从不会摆出"前辈"的高傲架子，剧组的人，从大的到小的，他都能玩到一起去，可以说 A 是得走大运气才能碰上的搭档。

A 觉得自己应该是走了狗屎运，才能遇到这么一个好搭档。

如果非要给这个搭档挑出点不好的，大概就是他喜欢和人有过于频繁的肢体接触。

B 兴致上来的时候，总跟个小孩似的。

B 喜欢捉弄这个捉弄那个，招猫逗狗的，一刻都停不下来。对 A 更是像小学生对待自己玩得好的同学一样，损这损那的，等损到 A 哑口无言、郁闷不已时，B 就会乐得哈哈大笑，笑得整个人像没了骨头似的靠在他肩膀上。

剧组的夏天热得像口沸腾的火炉，B 不耐热，走戏时总穿着一件的清凉的 T 恤。

每次两人站在一起时，那人身上的热气就会顺着 B 的手臂爬到 A 的手臂上，A 本能地想避开，但又怕自己闪开后 B 会失了倚靠跌倒，只能强忍着边界感被逾越的不适，笔挺笔挺地任由他靠着。

人的忍耐是有限度的，更何况 A 本就不擅长忍耐。

"我不喜欢跟人肢体接触。"

这样直白又有点伤人的话他说不出口，B 又和其他别有居心凑上来套近乎的人不一样。

他那么坦荡、无辜，对自己毫无保留地信任着，不知怎么的，A 不愿意看到那张脸上有除了快乐以外的其他情绪。

所以 A 只好退化成幼稚的小学生，用别的方式暗地里补回来。

有时候天气太热，热到小风扇和空调机都于事无补，B 就会变成一片蔫巴巴的叶子。B 会垂着脑袋闷头看剧本，对着空调机猛吹，整个人无精打采的。

这时 A 就会凑上去，以其人之道还治其人之身，把整一大个自己全部赖在 B 这儿。

每到这种时候，B 就会变成不小心被浪冲上岸的弹涂鱼，嘴里叫喊着"A，你有病啊"，同时拼命挣扎着试图逃离热源，而且脸上还会挂起肉眼可见的无奈。

当 B 发觉自己完全挣脱不开时，无奈会变成炸着火星子的暴躁，一张嘴叭叭叭地说个没完，像极了被人摁住强行顺毛的猫，不情不愿却又无可奈何。

A 从这种无可奈何里品出了趣味，乐此不疲地重复着恶作剧。

有天 A 真把人惹急了，被 B 抓住胳膊掐了一下。

回房车休息的路上，助理凑过来看了看他手臂上整整齐齐的手印，笑着打趣："B 老师的手劲真大。"

A 想着刚才 B 被气得七窍生烟的表情，没忍住笑出了声："可不是吗。"

助理感慨道："不过还真是很少见你跟哪个合作伙伴这么亲近的，你不是不爱跟人有肢体接触吗？我看你跟 B 老师玩得倒挺欢乐的。"

A 愣住了，突然意识到好像的确如此。

不知在什么时候，自己的边界感和原则通通对 B 失了效，他不仅对 B 没有任何抵触，甚至期待着一起打闹的时刻。

B 这个人，果真是表里不一。

他看上去温和无害，实际上却是个"潜入者"，悄无声息地潜进了他最坚固的方寸之地，甚至还有作威作福的趋势。

A 弯了弯嘴角，转过身遥遥地盯着不远处停着的另一辆房车，对助理说："你老板这次，估计要栽跟头了。"

03

豆大的雨点砸在地上，从上至下把 A 淋了个彻底。

他浑身力气像被抽走了似的坐在地上。导演已经喊了牌，但他并没有因此感到好受一点。

角色撕心裂肺的痛第一次如此完整地落在 A 的身上。

导演到底是老道，一眼看出他这次是真的入了戏，便让工作人员先全数离开，让他自己缓缓。

A 努力挤出一个感激的笑，又再次坠入锥心的痛楚中。

他想起 B 总跟他说，好的演员得将灵魂撕成无数块，演一个角色就丢出去一块，只有彻底将自己变成戏中人，才能将用辞藻堆砌起来的书中人演活。

A 伸手摁住胸口，大口大口地喘着气，过于浓郁的负面情绪地裂山崩般扑了过来，将他托举至高处，然后又猛地将他抛下让他整个人失了真实感，恍惚后又将他猛地抛下。

一只手拨开了他眼前被雨淋成一绺绺的长发。

"我们的 A 老师，也成好演员了。"

A 抬起头，撞进一双带笑的眼睛里。

B 执着一把伞，替他们两个人遮雨。

那双眼睛明亮得有些过分了。

明明是黑黢黢的雨夜，却闪着让人躲闪不开的水光，像是被这场大雨赶走的星星全都躲进了他的眼里。

B 带着一把伞劈开珠帘大雨，在即将把 A 吞噬的浓浓阴晦中搭起一方明亮的避难所。

B 来接他，B 来拯救他。

A 从浴室里擦着头发走出来，这次他是真的有些失控了，一个热水澡也没能让他缓过来。

那种心脏被挤压揉搓的感觉还在，一阵一阵地抽疼着。

躺在沙发上对着手机屏幕点来点去的 B 头也不抬地突然说："我们

去吃火锅吧，我饿了。"

A 第一次拒绝他："我不去了，好累。"

他的语气是难得一见的虚弱。

B 却也是难得一见的固执："不行，我说我饿了。现在你是连前辈的话都不听了吗？"

A 叹了口气，认命地找出鸭舌帽和口罩戴上，想着速战速决，回来闷头睡一觉。


剧组拍摄的地方像是另一个不夜城，明明已经这么晚了，火锅店还是人声鼎沸。

B 找了个靠角落的隐蔽位置，也没问 A 要吃什么，自顾自地点了菜。

当服务员端上一整锅闻着都呛鼻的全红底料时，A 终于有些恼了，他不明白 B 为什么要挑在这个节骨眼反常地跟他对着干。

B 无视他阴沉沉的眼神，给他涮了一大碗菜，肥牛片、毛肚、鸭肠……冒着热气的食物泡在油亮亮的蘸碟里，被放在他面前。

B 托着下巴盯着他，下命令似的强硬道："全部吃了。"

A 的情绪上来了，带着点破罐子破摔的委屈，不言不语地夹了满满一筷子，泄愤似的塞进嘴里机械地咀嚼着。

花椒的麻和红汤的辣接触到舌面时，像迸裂的火花般炸醒了味蕾，麻酥酥火辣辣的，他突然觉得或许自己是真的有些饿了。

A 大口大口地吃着，碗里一直不见空。B 自己也不吃，沉默地、不间断地给 A 涮着菜。


当空荡荡的胃被填满时，A 觉得被抽空的灵魂也在慢慢回来。

A 突然哭了，眼泪大颗大颗地砸在碗里。

他身边的沙发软垫忽地一沉，一只温热的手覆在他的眼前，遮住了他的狼狈。

B 平时清亮的声音突然变得很温柔，他说，我给你讲个笑话吧，然后他绘声绘色地讲起了那个 A 听了得有八百遍的冷笑话。

视觉被遮挡时，其他感官会变得格外敏锐。

A 听见火锅沸腾翻滚的咕嘟声，听见四周嘈杂的脚步声、交谈声、碗筷碰撞声；他感受着热腾腾直冲着人脸而来的热气，和覆在眼睑上属于另一个人的温度。A 忽然觉得自己流浪了一整晚的心，在此刻结结实实地落回了原处。

他拉住 B 的手腕，把整张脸深深埋了进去。

这个人怎么能这样……

B 明明已经下了戏，却在一旁等到所有人都走了，才上前带走他。

没有言语上的安慰，没有开导和拥抱，这人用一餐最具烟火气的深夜火锅，把他从角色的崩溃虚无中拉回了真实人间。

这个人，不但要进入他的地盘，还让他心甘情愿地把全部奉上。

"B，谢谢。"

一滴眼泪落在 B 的手心里，B 却突然像被灼伤似的抽回了手。

"吃饱了吗？饱了就回去吧。"

A 感受到了他的异常，疑惑地看着他。

B 却像什么都没发生似的，歪着脑袋看他："这一身的火锅味，你出门前的那个澡白洗啦。"

A 失笑："我就说，刚刚让你也洗个澡你为啥拒绝，算准了在这等我呢？"

算了，栽了就栽了吧。

A 看着眼前一边整理头发一边骂骂咧咧说他后辈失格的人，心想，这也不算亏。

04

那晚之后，A 和 B 之间的关系更进一步了，A 觉得他们现在已经算得上挚友了，可 B 像并没有这么觉得。片场上，他们似乎少了往常的打闹。

A 明确地知道自己，终于向前迈近了一大步，却不明白 B 为什么突然开始和他保持起了距离。

片场上再也不挨着他了，即便是戏份需要的肢体接触，也是短暂地一触即分。

A 有心想问个明白，但无奈有个非去不可的行程，经纪人早就帮他在剧组请好了假。

去机场前，他结束了这天最后一场戏，不等跟工作人员打招呼便急步上前拽住默不作声要走的 B："我去两天就回来，等我回来给你带我家乡的特产，好不好？"

路过的演员像是察觉到了两人间的不对劲，疑惑地看了过来。

A 语气一顿，补充道："给你们带特产，你等我。"

说完，A 便被助理着急忙慌地扯去赶行程了。

B 三言两语应付完演员后，钻进房车坐下，长长地叹了一口气。

他知道 A 是个活得清醒又敞亮的人，剧组里的人总是因为他亲切爱玩闹的性格把他当成涉世不深的孩子，但他看得透透的。他知道这人的冷静和透彻，所以那晚感受到 A 放松下来时的亲近和依赖，他才突然害怕了起来。

他们演的这部剧能火的概率无法估计，但一旦能火，甚至说如果是能稍微溅起些水花，A 都能前途无量。

现实是艰难又危机重重的，与故事相悖。在繁花似锦又暗潮涌动的娱乐圈混，这些未知的东西就会像是一颗定时炸弹，他很难奢侈地将自己和 A 的前途拿去赌。

不如就此打住，等剧拍完，两人不再朝夕相处，一切就总有消散的一天。

成年人选择不说，将所有真诚都藏进自作主张的好里。

A 终于结束了行程。他在网上买好了特产，明明下单时一再确定是当天发货，却还是被忽悠了，他都往机场走了，订单物流还是没有任何动静。

他内心暗骂奸商坑人，一边催着司机尽可能开快些，早点到机场，或许还能争取些时间让他亡羊补牢。

A 在机场商店买了一大堆。

这个也想给 B 买，那个也想带给 B 尝尝，最后买了几大袋，两手都拎得满满的。

等终于到了剧组拍摄地，A 连行李都来不及往酒店放，丢给助理自己就去了片场。

还没跟 B 说上话，A 就被眼前看到的一幕气歪了鼻子。

走之前对自己不冷不热的 B 老师，在自己不在的时候，肆无忌惮地和其他演员在打闹逗趣。隔了老远 A 都能看到 B 抖动的肩膀，和周围欢乐轻松的亲近氛围。

A 黑着个脸走上前，挤进两人中间，故意没分一个眼神给 B，只跟导演和工作人员打了招呼，分掉了手里的一袋特产。

B 只拍拍另一个演员的肩膀，让他也跟着去瓜分这个礼包，便沉默地置身于人群之外。

A 忍不住，走到 B 身旁，冷哼一声，道："看来我不在的时候，B 老师在剧组过得还挺滋润的哈。"

B 打着哈哈，胡乱应付了两句，转身便想走，却被 A 用空着的那只手拽住胳膊，拉着去了 A 的房车。

A 让 B 老实待在沙发，又让助理们下车休息，这才开始跟 B 算账。

他居高临下地看着 B："B，你对每个人都这样吗？

"为什么突然对我不冷不热的，却对别人那么亲近。我做错了什么你跟我说啊……

"知己不说，难道现在我连你的普通朋友都算不上吗？"

B 试图推开，却被抓着手腕摁得死死的，逃无可逃。

B 终于放弃挣扎，低声开口道："如果不只是普通朋友呢？"

"……什么？"

狭窄密闭的空间，有些压迫感的近距离，将 A 在脑内预演过无数次的说辞搅成一摊混乱的糨糊。

B 终于破罐破摔地大声说道："如果我不只是想当你普通的朋友，而是想比普通好友更好呢？"

A 愣愣地，下意识开口："还有这种好事？"

A 说完才发觉，自己这句没头没脑的话让原本紧绷的氛围变得有些滑稽。

他直视着 B 的眼睛，语气里有不容置喙的笃定："我不是头脑空空的傻子，B，你可以相信我。"

B 的眼里涌上雾气，他强撑着一份镇定，问："你不怕吗？"

A 像拥有了一弯脆弱明月般珍视："我不怕，B。我知道你在担心什么，在娱乐圈名利是过眼云烟，我知道什么最珍贵。对我而言，只有你的不在意才是阻碍。"

B 终于抬手，紧紧回握住他。

泥鳅被捏住了命门，划下边界的人亲手拆了城墙。

守在自己固若金汤领土上的国王一步步退让，将原则推翻，最终沦陷失守，亲手将城门大开，迎进那个"潜入者"。

05

之后的之后，一切那么出乎意料，却又那么水到渠成。

这部剧火了，将 A 和 B 拥向名利场高处。

他们一起经历烈火烹油、鲜花着锦之盛的繁华，一起挨过纷争不断、人言可畏的低谷。

当有个人坚定地陪在身旁时，高处看花不再寂寞，龃龉前行好像也不那么难挨。

好多年过去了，他们在名利场站稳了自己的一席之地，也不再那么频繁地出现在大众视野，低调地过着自己的生活。

偶尔老朋友会聚在一起吃饭，A 是断然不会让 B 进厨房去祸害人的，大菜就叫外卖，小菜就自己搞，拼拼凑凑也总能弄出一桌让人满意的菜来。

今天桌上有一碟 A 家乡风味的特色菜，是 A 的妈妈亲手做了让他带给 B 吃的。

B 素来爱用这道小菜下酒，他一开心起来就容易喝大。

A 把喝得七荤八素的 B 安置在沙发上，兑了杯温热的蜂蜜柠檬水半哄着让他喝完了。

B 清醒的时候还是爱端着副硬汉做派，喝醉后却要命地坦诚。

他嘴里哼哼唧唧地说着些什么，A 没听清，把耳朵凑上去。

"你跟我道歉的那天，送给我的那袋特产里也有这道菜。"

A 故意逗他："不是你跟我道歉的那天吗？明明是你先低头的。"

B 抬手覆上 A 的眼睛，手指头温温软软的，像猫咪柔软的腹部："是
先示好的。"

　　A 看着这样坦诚的 B 心里温温热热的，笑着回应道："对，是我先
好的。"


　　月亮照回湖心，野鹤奔向闲云，万物皆是沉寂。

　　从此他人困于山中晨雾，唯有他们因为彼此而内心一片清明。

*End*

# 白槐

◎ 文 / 弄微

试图自救的重度拖延症患者。

ㄅ卯
ㄏㄨㄞ

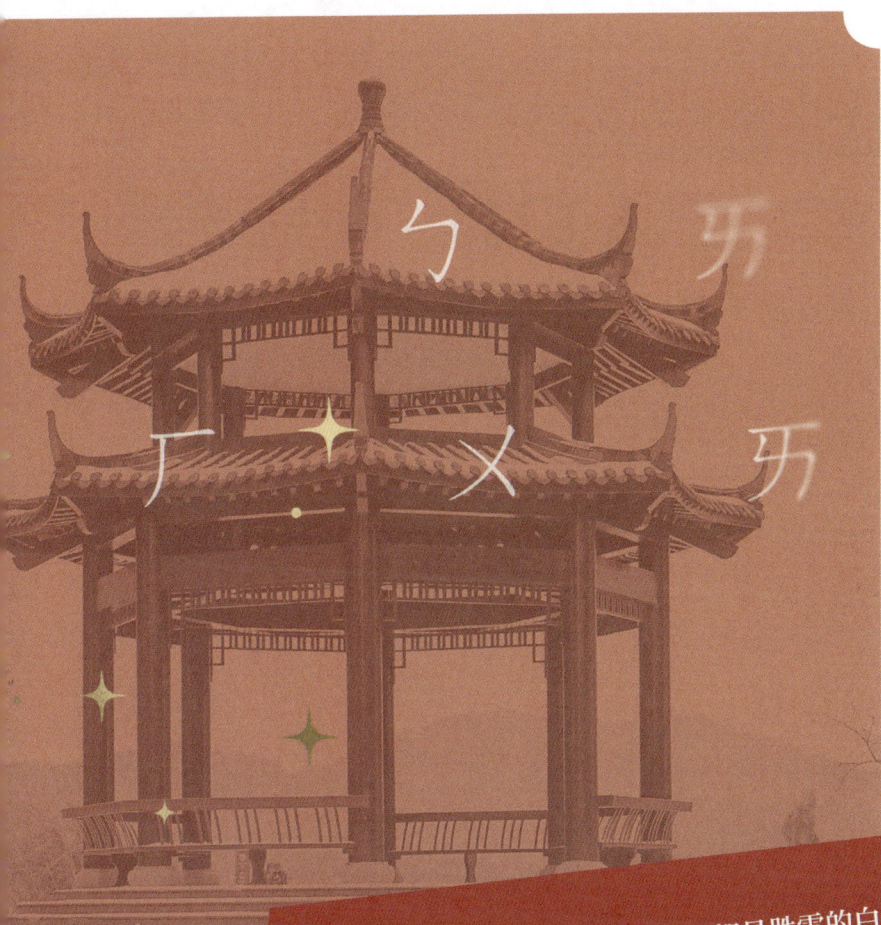

宫中白槐开了满树，从花瓣到花心都是胜雪的白，
覆落的槐花像雪一样浇在庭中。
不见血就能安稳地活着，是一件多奢侈的事情。

bái huái

# 白槐

◎ 文 / 弄微

**试图自救的重度拖延症患者。**

bái **01** huái

　　S 是被鸡鸣声吵醒的。

　　远山笼罩着一层薄雾，将青黛色的山体映成薄绿，清冷的晨光穿过雕花木格，落在破旧的竹屋里。

　　他随意披上宽松的长袍，脚刚踏在地上，叩门声便传来。敲门的是邻舍的樵夫，隔着窗子唤他："公子，我想拜托你写一封信，好托人去长安捎给我儿子。"

　　他推开门，垂落在斜襟上的黑发被风吹得扬起，嗓音懒懒的："早，伯伯又是给小儿子写信？"

　　村中卖力气过活的人嗓音都大，樵夫站在门边爽朗地笑："我就是想写信告诉小儿子，他母亲的病要好了，让他专心做学徒，不要担心家里。"

　　S引客人进屋，从茶壶中倒出一碗冷茶。空荡荡的竹屋里没什么摆设，只有一张床、一个灶台、一桌一椅，桌上三尺熟宣铺开，墨在水中缓缓晕开。

山村中识字的不多，传达消息全凭人的一张嘴。于是 S 来到南村后，顺带做起了代写家书的生意。

那家信寥寥数笔便写完了，S 将封好的信交给樵夫，樵夫从怀里掏出几个鸡蛋，不容拒绝地塞进他怀里："乡村物俗，没什么好东西，这几个鸡蛋就当是谢礼。"

村里每个人的生活都不宽裕，几个鸡蛋可能就要一家人攒上一周。S 倒没有推辞，他抱着怀中的鸡蛋，眉眼弯弯："谢谢伯伯。"

最近年关将至，每家每户都挂起了灯笼，只有他这里还是素净的一片，显得格外荒凉。送别客人时，他拢着袖子站在风中，困意被薄凉的风搅散。

从长安来到这个很小的村子里，掐指不过三个月的光景，但 S 总觉得仿佛已经度过了半生一样。

漫长的黎明间，他起身浇了花，煮了早饭，帮邻居抓"咯咯"叫的母鸡，还顺手拾了一捆南山的柴。门前晒太阳的阿婆喜欢与他闲话家常，这天忽然问起："公子看起来不像是普通人，怎么会来这里落脚？"

S 帮阿婆剥着手中的豆子，笑了笑："做生意失败，就来了。"

太阳暖洋洋地照下来，把阿婆银白的头发照得金灿灿的，她的声音颤颤的："生意失败了没关系，平平淡淡活着就好，你看前不久那个很威风的什么将军，一不小心触怒龙颜，通缉的名字如今还挂在城墙上。

"权势滔天呀，总不过是过眼烟云。"

他唇边的笑有一瞬间淡了淡，然后又扬了起来："阿婆，你又把皮扔进筐里，把豆子扔到地上了。"

S 俯下身去捡豆子，青豆跳在手指上的时候他有片刻怔忡，火光与厮杀，槐花与剑影，还有那个少年的眼睛，回忆皆如潮水般袭来。

村落边斜阳墟上烟，袅袅升腾起温暖的炊火，柴垛前阿婆向他摆手道别，霞光与酒旗间，最后剩下他一个人坐在夕阳里。

天光云影总是度过得飞快，他抖了抖眼睫，将金色的阳光从眼前抖落。最后一点太阳从树梢边掉落后，他趁着月色独自跃上屋顶，腰间佩着的长剑坠着银铃。

在银铃的晃动声中，他瞧见一个少年跃至他身后。少年的白色锦袍被夜风卷得翻涌，手中长剑指着地面，清冷的目光正凝视着 S。

S 不知从哪里抱出一坛酒，拧开酒盖，扑鼻的酒香散在夜色中："村里的酒粗劣，不过胜在香醇，殿下要共饮一杯吗？"

少年——Z 用比月光还冷的眼睛望向他，长剑泛着一缕寒光："你知道是我？"

屋檐上坐着的人静静回过头，漆黑的眼睫跳跃着莫名的光："连村里的老妇都知道我触怒了你，殿下为了抓我，还真是不遗余力啊。"

鲜少有人知道，那个一直陪伴在君王 Z 身侧，曾得君恩荣宠，却又触怒君颜亡命天涯的青年将军，在踏入宫阙前，曾是一个刺客。

十七岁时 S 已成为组织中首屈一指的刺客，一身黑色锦衣，一把长剑，声名远扬。早年不是没有势力想要拉拢他，但那时他的眼里只有生意，接最凶险的任务，赚取最高的赏金。

S 初次踏入宫阙遇见 Z 是因为一个任务，乱世里的皇宫风云诡谲，他本不想插手其中，但那天走出皇后宫苑，偏偏在僻远的行宫中遇见了 Z。

宫中白槐开了满树，从花瓣到花心都是胜雪的白，覆落的槐花像雪一样浇在庭中。九岁的太子 Z 跪在中厅，被皇后派来的人高声训斥，白色锦衣的背上渗着血痕。

Z 本就不是皇后的亲生骨肉，虽有太子之名，活得却还不如街巷边的普通人，他孤身跪在庭前，连一声痛都不敢呼。

S顺手帮了他一把，支走了那些咄咄逼人的内侍。行宫中只剩下他们两个人时，跪在地上的少年轻声说道："你只能护我一时，却不能护我一辈子，如果不想害死我，就不要随便帮我。"少年双眼漆黑，却有如白雾一样的凉薄。

S抱着剑低头看他，束发的带子被风吹起又吹落，他道："如果我真能护你一辈子，你愿不愿意把命和我系在一起。"

那只是一句调笑的戏言，跪在地上的Z却怔了一怔。S扔给少年一瓶金疮药，跃上宫檐消失在远处。

江湖中处处风雨如晦。

四月底，S接了一个很凶险的任务，为任务身负重伤的他躲进了长安街上的一顶软轿里，他掀帘坐在轿中，手中的剑抵上轿中少年的喉咙，示意少年听他命令带他出城。

冰凉的剑锋触着咽喉，那少年却一声惊呼也没有。出城时少年也未下轿，只是从车帘中伸出一只纤细的手，手上折着一枝白槐，守城的人便在轿下跪了一排。

S这才意识到他挟持的人是谁。

Z身穿白色锦衣坐在车内，目光望向窗外，淡淡说道："你救我一次，我救你一次，我们两清了。"

S将剑收回剑鞘，笑了笑："殿下还记得我之前说过的话吗？"

S行事向来任性，拿钱办事是生意，专为一个人卖命也是生意，既然都是生意，换一个顺眼的雇主更好。

Z抬头看他："你的筹码是什么？"

S伸手递过一块腰牌："组织里的第一刺客，这样的身份够了吧？"

之后，S先是从那个组织中叛出，为了躲过组织的层层追杀，S几乎丢了半条命；后来，S又用手中的剑，一步一步清平了Z脚下的障碍。

组织里派来追杀他的同伴都觉得他脑子有病，皇城波谲云诡，白骨垒成墙池，哪里有半点逍遥自在。他却轻飘飘地笑，剑鞘上的银铃荡在风中，被血染上一层殷红："人生这么长，不过是换一种活法。"

S到底是组织里排名第一的杀手，那么多人追杀都没能取他性命。他还为Z亲手训练了一批死士，将偌大的太子府守得固若金汤。

宫里白槐将落时，Z请他指点剑法。少年拿着宫中铸剑师千锤百炼削铁如泥的宝剑，剑招凌厉，S却只用一根树枝就挡住了他的进攻。

Z抿唇让下人将剑呈给他："我们都用剑，再比一次。"

S抚着那节树枝轻笑："要胜你，用一根树枝就够了。"

在少年不忿的目光中，他却弯下腰，揉了揉少年毛茸茸的发顶，声音变得柔和起来："你是将来的天子，要学宽厚的剑道，我那是在尸堆里摸出的邪路，不是正途。"

S被风鼓起的黑衣浓烈得像鲜血，他全身上下都是沉郁的黑色，连剑鞘也漆黑，只有剑身坠着的银铃映在璀璨的光中。

bái **03** huái

Z初登皇位时并不太平，大权旁落，朝中也不知谁敌谁友，昔日的皇后在朝堂上垂帘，言笑晏晏的脸上满是算计。

S与Z一步步走来，手中的剑不知沾了多少人的血。人们看S的眼神像看深冬里的冰，又像恐惧着一条毒蛇。

最初太后以为Z年幼，欺他少年无权，想把他当作一个傀儡；当Z的君王锋芒渐渐显露之后，太后就开始数次想要使计废黜少年。只是不知为何，她身边的人开始离奇消失，于是原本暗中有动作的太后，开始说起要颐养天年，最后鲜少在朝堂上露面。

朝中流言四起的时候，S在住的地方种了大片槐树。三四月时槐树开了大片似雪的槐花，落得满城如絮。

Z追查这些人消失的原因时，S正在庭院中的方桌上看着书。石桌上青灯燃着微微的萤火，剑与银铃安静地放置在桌面上，桌上泛黄书卷被翻开，却始终停在一页。

成年后Z长高了许多，高到已能和S并肩，再不需S弯下腰来看他。二人谈着朝中一些不痛不痒的事，最后Z垂眸望向他，声音依旧是淡淡的："等以后，一切结束时，你就不要再做这些了。"

不见血就能安稳地活着，是一件多奢侈的事情。

S笑了笑，覆住刚刚擦拭过的剑鞘。


清明时节落雨纷纷，Z带S到了一座孤坟面前，坟边只有招摇杂乱的野草，在野草之中，立着一座无字石碑。

无边冷雨如织，打在二人单薄的衣衫上。

Z走向那座孤坟，轻轻说道："这里葬着的是我的阿姐，可惜她活得太短，我还未看到她嫁人，她便先走了。"

少年君王伸手轻轻抵着墓碑，眼底第一次流露出温柔的神色。

"S。"他问道，"你有怀念过什么人吗？"

细雨如丝如愁，S剑鞘上的银铃抵着落雨，微不可闻地摇晃着。S那时单手撑着伞，束起的长发落在风中，说的是"不曾"。

莎草萋萋，孤坟荒凉。Z立在墓碑前，蒙着雨翳的双眼辨不出神色，少年君王忽然问道："为什么选我？"

S可以选择的路那么多，为什么偏要选择最难的一条？

S不记得自己回答了什么。时光那样漫长，像鸟身上的白羽，轻飘飘的，不知飞向何处。人生不过数年，总无法事事明白。

Z给了S最好的宅邸，黄金高台，歌姬美妾，白玉为鞍金为马，也给了S最好的封赏，封他做将军，赐他镶嵌着金玉的宝剑，长安城内再无人有这样的荣宠了。

那宅邸 S 很少去，他喜欢抱着一坛酒跃上楼檐，看夕阳西下，融金朔日，四处漂泊，枕天卧地，还是一身修长黑衣，剑坠银铃清澈。

太后知道实权不保，后来又策划了一次暗杀，动手的是组织里曾排行第二、如今排行第一的刺客。趁他们外出狩猎时，刺客的剑对准了车辇中的君王。S 挡在车前与刺客厮杀，漆黑的眼杀成了血红色。

都是相识多年的故人，刀剑相抵时却招招致命，S 抓着 Z 逃过刺客挥来的刀剑，两人双双跌下悬崖。滚落过程中，S 用自己的身体牢牢护住了 Z。

还算健全的 Z 勉强支撑着 S 走进山洞，山崖下岩石嶙峋，草木枯尽，没有水源。

少年的白衣浸着暗红的血，长发散在衣上，他道："S，如果你死在这里，我便把你的尸骨扔去喂狼。"

骨头断裂的寸寸痛感 S 早已忘记，可 Z 慌乱的眼神却永远停留在他的记忆中。S 一生游走在腥甜血雨中，还从未有人忧他生惧他死。

宫里的执金吾寻来时，S 已经两天两夜未曾阖眼了。

一个少年侍卫最先发现君王的痕迹，在山崖下找到了他们。

那个侍卫刚想大声唤人前来，S 就将食指移到唇边，轻轻"嘘"了一声，示意不要吵到在他膝上熟睡的君王。

他看着那个侍卫："这么小的年纪，轻功倒是不错，要不要做我将军府的护卫？"

天边落着薄雪，埋住了地上的血迹，积雪砌成玉石洁白，映亮了少年侍卫灿烂若星辰的眼睛。

后来逃亡时，S 也曾想过，如果那天没有一时兴起留下护卫，护卫是不是会有更平安的一生，安宁终老永无悕惶。

可就像他为了 Z 的一个眼神搭上了半辈子，也有人为了他的知遇之恩交代了后半辈子的性命。

元宵节时他一个人带着剑去看花灯。长安的花灯精巧，他却从没放过灯，只是坐在一边看流水浮动，潋潋如梦。

那个曾来刺杀的刺客寻到他时，他正坐在河边，浇酒洗剑，修长的身形被月光映得无比温柔。

那刺客对他道："功名犹如枕上黄粱，何况你不是贪爱名利之人，但为何看不破这个局？若有一天他不再需要你，届时你会死得比谁都惨。"

那时 S 将剑插回剑鞘，漆黑的剑鞘与他的双眼都融在无边夜色中。他从河边站起，与那个刺客对视，黑衣徐徐吹荡，像将天上的黑夜尽卷入衣摆中："他要我的命，我给他就是了。"

bái **04** huái

要 S 死的人很多。

不知过了多久，有人上奏说 S 私下与刺客组织联系，有谋逆之心。一个宫女作为目睹他与刺客交谈的人证，瑟瑟发抖地跪于殿下。

宫中老臣在殿前叩首落泪，额头击在地面有玉石之声："古来贤君身边只有贤臣，绝无佞徒，如果不诛杀邪佞，社稷何安？天下何安？"

S 站在殿下静静地看着 Z，还是抱着那柄漆黑的剑，银铃轻垂。高殿之上少年支手侧卧，长如鸦羽的睫毛遮住了他的眼睛。君王再抬眼时，眼中攒簇的白雾似深秋的霜。

这是一个专为他布下的局，于是 Z 将计就计，与 S 演了一场戏，夺了 S 的封号，让天下人看他们君臣失和的模样。

说是给所有人演一场戏，但被关进宫中的牢狱是真的，受的刑罚也是真的。S 在山崖下受的骨伤还未痊愈，衣袍上又添上了血痕。

秋来落叶变得枯黄，蝶翼般的落叶从窗槛飞过，有几片飘到他的膝上，日光斜透铁栏照在他身前，洒下斑驳的光。

119

那个曾经被 S 提点的少年侍卫后来进了 S 的将军府，最后只有他会每天打点狱卒，跑来带给 S 一些食物与药品。

少年眼底眉梢溢满了阳光的快乐，有一次他给 S 带了咸肉月饼，嘿嘿笑道："这是我老家南村的月饼，我阿爹寄来的。我们村子虽然穷，但做的月饼可好吃了。"

S 轻轻咬了一口手中的月饼，咸肉与酥油的香混在嘴里，酥皮的甜味缓缓在舌尖化开。

那是他第一次吃月饼，S 敛下眼眸道："很好吃。"

Z 悄悄遣人来过很多次，告诉 S 他已在收网了，不久后一切便可结束。S 在牢中将传递消息的纸条碾碎，白色齑粉落入尘埃。

中秋节将至，宫中准备了一场盛大的晚宴。

少年侍卫趁机闯进监牢，飞快地打开门上的钥匙，道："将军，我带你离开这儿。"

牢房中的护卫被迷晕，倒了一地，S 被少年拉着在牢房的回廊间奔跑，S 有无数个机会可以告诉少年这只是做戏——他不会死，一旦抓住幕后之人，原本布下的兵马会一冲而入，他也仍会回归旧位。

可是到了最后，S 却什么都没有说。

这是君王呕心沥血布的局，那个少年苦心孤诣数月，不应有任何差池。

庭院白槐将落，枯去的花瓣化作干涸的残叶落在脚边。宫里的执金吾在闻听消息后便飞快赶来，少年侍卫带剑拼死护着 S 想要逃出重围。

甚至在他重重倒在地上时，还说着："将军，快逃。"

城墙上弓箭高高竖起，Z 站在执金吾中央被团团簇拥，S 半敛眼眸看向地上重伤的少年，冷声说道："可以了，住手。"

可是枯落的槐花中，Z 冷冷地望着 S，只一抬手，执金吾的箭矢如雨而落，地上的少年发出沉重的闷哼，唇边沁出一丝鲜血。

S 怔怔地望着这一切，他的长衣被染上红色，分不清身上的血是他的还是少年的。S本想护住那个为他而死的少年，但就在那一刻镣铐加身，竟迟了一步。殿上楼檐的银铃声清脆地响起，又散在夜风中。

最后S只来得及掰开少年的手，拿走那把沾了血的剑。长剑呼啸而过，与盔甲相撞发出凄鸣，冰冷的剑锋上映出S漆黑的眼。

槐花似血而落，剑直直向Z舞去，Z狼狈地抽剑抵挡，咬牙道："S，你发什么疯，不过是一个侍卫而已。"

一个侍卫而已。

风渐渐停息，冰冷的槐花落在S的头发上，在黑衣与血剑交衬下的将军，宛如从地狱中走出的修罗。少年侍卫的尸体躺在他脚下，静静地，盖着白槐。

演给天下人的反目戏码最终却成了真。

那晚，S的剑尖指向Z，却还是没有落下。


S一个人离开了皇宫，四处流亡，忽有一日他想起少年带给他的月饼，然后孤身一人来到南村。

那时S的剑收在匣中，一身黑色长衫，像一个普通的柔弱青年。南村贫瘠且荒凉，但每个人都活得努力且快乐。村中的伯伯帮他盖屋，邻居阿婆送过来新出炉的发面饼，他走到南山拾柴，南山下猎户的女儿递给他一枝刚开的槐花。

有一瞬他忘记了宫中的朱瓦红墙，忘记了剑尖浓烈的血色，金灿灿的阳光中他推开木门，暖洋洋的光闲懒地照在发梢。


S扔过一坛酒，被Z伸手接住。

Z敛袍坐在他身侧，白色玉冠下的面容清冷："你回来后，我会为你平冤，你还做将军，统领金执吾，一人之下万人之上，我有的东西都可以给你。"

那日一别，Z已荡清寰宇，一举夺权，无人再能阻挡他，和他对立的很多人都或被流放或赐死，除了他的舅舅。

S抚着剑鞘，铁锈的味道仿佛一点点散开，洇在黑暗中。

银铃被风吹响，他起身站在屋檐上看向君王，夜风穿过他的衣袍，惹得他手中的长剑震颤，他回首笑道："不必了，我最后为你解决一个人，事成之后，你对外说我死去也好，叛逃也罢，这一生我都不再回长安。"

身侧君王眼中的冰终于渐渐裂开。

S弯下身，像小时候那样揉了揉Z的发顶，声音忽然变得很轻："这一条路，总归是要你一个人走的。"

宫殿上的高座璀璨，百步阶梯白玉为座，那个少年一人坐在上面，孤身立于世间。

bái 05 huái

那是Z最后一次见到S。

六月时槐花开过又落下，行宫处尽是各色葳蕤的花，扶疏枝叶横在少年的白袍间。

归来的S将"战利品"扔在地上，腰间剑鞘上的银铃轻轻地响了。

Z坐在树下，手中抚着什么东西，他垂眸问："你真的不留下来吗？"

S轻轻摇头。他的长发高束，转身时黑发悠悠荡荡，那把剑插在腰间，带着银铃声响阵阵。

Z能感觉到，他受了伤，行走的步履不复往时无声。Z缓缓闭上眼。

S离开时，箭矢携裹着风声直来，从无数个方向射向他。血迹洇开在如墨的黑衣上，S躺在血泊中，静静望着Z。

Z原本有一个姐姐，阿姐不想嫁给父亲指婚的人，于是趁着夜色悄悄翻出宫墙，却偏偏在逃婚途中爱上了一个刀尖饮血的刺客。她为刺客挡了一刀，死在了乱葬岗，只留给弟弟一个铃铛，还有一个铃铛，送给了那个少年刺客。那个少年刺客爱穿黑衣，眉眼染笑，抱着一柄乌黑的长剑，出任务时一剑封喉从无慈悲。

剑上的银铃被风吹响，Z听见S轻轻说道："终于可以回家了。"

那是S说过的最后一句话，Z从未想过，他这么对待S，S最后留给他的表情不是惊异或愤怒，而是微笑。

他松开并拢的双手，手中的银铃泛着冷冽的光，白袍少年眼中的平静变成了一抹阴鸷，又变得癫狂。

S害了阿姐，让他变得孤身一人，他凭什么能抛下他？他要为阿姐报仇，从第一眼见到Z时，他不是就在想着如何要他的命了吗？

可他明明……不想他死的。

身后乱鸦飞过，残阳时分乱红如血，地上的红色已分不清是血迹还是烂漫残阳的光影。他独自站在白槐树下，花期已过，满枝葱翠，只有他一身白衣干净如雪。

很多年前，在阿姐的坟前，他跪在那座衣冠冢边，转身问身后人为什么会选他，青年抱着剑，与身后的雨幕化作一体。

"我只是想，如果是你，能不能打造一个更好的太平盛世。

"一个没有战乱痛苦，没有倾轧离散的天下。

"所有的百姓都能安居乐业，天下苍生再无冻馁饥寒，不会再有少女被逼着嫁给不喜欢的人，也不会再有小孩子被逼着举起手中的剑。"

世人都道S冷血无情，却不知他才是真的心为苍生。

记忆中的世界仿佛落下大片白槐，S言笑晏晏的脸隐在槐花下，渐渐撕裂成碎痕。

江山无限，也只剩下无限江山了。

Z抚着手中的银铃，也笑起来："阿姐，这一次，我真的只剩下自己了。"

*End*

像是掉进了深海，无论怎么选择，荣耀还是仁慈，他都将被无情的海浪溺毙。

# 终极使命

ZHONG JI

SHI MING

◆文 / 白金

微博@承花的白金。

拖延症重症患者，最大的兴趣

就是去刷微博超话。

# 终极使命

◆文 / 白金

微博@承花的白金。
拖延症重症患者，最大的兴趣就是去刷微博超话。

**01**

"咔嚓。"是鞋子踩在落叶上的声音。

午夜，梦魇林。

头顶上是恣意生长的粗大枝干，仿佛蛰伏在暗处的猛兽，整个林中乌黑一片，只有少许月光倾泻而下。

一件漆黑的斗篷把 H 棱角分明的脸整个罩在阴影里，只露出高挺的鼻梁。

他不动声色地在森林中疾走，一双绿宝石般的深邃眼睛警惕地注视着四周。

倏然，不远处传来一阵细微的呻吟，断断续续的，在幽暗的夜里令人毛骨悚然。

　　H本想快步离去，但那声音却莫名地有些熟悉，他顿时停下脚步，皱紧眉头蹑手蹑脚地朝发出声音的方向走去。

　　素白的月光下，一位金发青年满身血迹地昏倒在沾满露水的杂草中，他惨白的唇微张，修长白皙的手指紧紧攥着身下的杂草，一副生命迹象将要消失的模样。

　　H瞪大了眼睛，快步上前把人抱在膝上，皱着眉头焦急地喊他的名字："D！"

## 02

　　H的隐形衣不见了，要命的是那件隐形衣是完成这次精英巫师任务的关键。

　　毕业后，H成了一名逮捕巫师叛徒的精英巫师，并在这方面展现出极高的天赋，仅用一年的时间就将黑魔王的余党收拾得干干净净，只剩下黑魔王最忠心的奴仆贝拉没有抓住。一时间，H名声大噪，甚至成了下一任精英巫师部长的候选人。

　　而贝拉那个疯狂的女人则躲进了梦魇林的魔法阵中，那里易守难攻，魔法阵中的人可以看到外面的人的踪迹，而外面的人却很难找到阵中人的藏身之处。

　　凭借这魔法阵的优势，贝拉杀了一个又一个巫师，一时间魔法部人心惶惶。

　　在这样的事态下，隐形衣简直就是一件藏匿利器，精英巫师部命H亲手逮捕贝拉，若事态紧急，可以直接将其绞杀。

　　但非常不幸，就在H临行去逮捕贝拉的前一天，他的隐形衣却离奇地不见了。

由于此次任务不便牵涉太多人，H 只带了唯一的助手——落魄贵族少爷 D，但他也不见踪影。

不过现在倒是见到了——H 瞥了一眼膝上不省人事的金发少爷，人家不听他这个上司指挥，独闯了梦魇林，还受了重伤。

像是有些难受，D 微微侧过脸颊，口中发出几句呓语。

H 探了探他的额头，那滚烫的温度令他皱紧眉头。

D 右肩膀上受了重伤，伤口很大，血流不止，浸湿了他半边衣服。

虽然着急去找贝拉，但 H 也不能真的把人仍在这里不管。

他小心翼翼地替 D 处理了伤口，然后把身上的斗篷脱了下来，整个裹在 D 的身上。

少爷啊，少爷！

H 不由得在心中叹气，不听指挥胡乱行动简直就是巫师协会的大忌，他只要稍微狠心点，就能把人开除了。

森林一片漆黑，偶尔有几只乌鸦飞过。

H 背靠着树坐下，D 的身体跟他身后的古树一般冰冷，惨白的脸上没有半分血色，他紧闭双眼的样子意外的乖巧平和，完全不见平日里半分的趾高气扬。

H 紧紧地抱住他，他一边努力温暖着怀里的人，一边警惕地打量四周，提防贝拉的偷袭。

这一夜竟然就这样熬了过去。


当清晨的第一缕阳光洒下时，D 长长的睫毛微颤，终于苏醒了过来。

他的眼神还没有对焦，就恍惚间听到了自己的顶头上司那令人讨厌的声音。

"你醒了。"H 皱着眉头盯住他，"怎么回事？不听指挥，擅自行动？"

D 动了动嘴唇，试图说些什么，嗓子眼中却有一股血腥味蔓延。

他脾气不好，下意识地顶嘴道："要你管啊？"

看到身上不属于自己的斗篷，D有些嫌弃地把衣服推了推："谁要你假好心？"

眼前的人早已没有了昨晚安安静静躺在自己身边的半分乖巧，像是浑身是刺的刺猬，把H扎得生疼。

H简直要被D气笑了，他一把拉过自己的斗篷，转过身去不想再看D，没好气道："没良心的白眼狼，早知道就让你自生自灭好了。"

H没有注意，在他转过身完全不设防的时候，D紧紧地攥紧了自己的魔杖。

他泛青的血管整个浮现在手背上，D紧盯着H修长结实的脖颈，举起了手中的魔杖。

杀了他，再杀了贝拉，一切就结束了。

D家族的荣耀将重新回归。

## 03

黑魔王被杀死后，D的家族——曾经巫师叛徒的大本营，一夜之间就没落了。

D的父亲进了监狱，母亲被魔法部禁足在庄园。

D始终记得自己目睹H带着一众精英巫师闯进自己家庄园搜查时的屈辱。

昔日的死对头，平民出身的黑发少年一脸冰霜地领着一群精英巫师趾高气扬地闯入自家庄园，而他自己，一个纯血贵族反倒成了阶下囚。

那一刻，D深深地体会到了挫败感和屈辱。

昔日对自己毕恭毕敬的精英巫师干部们都换了一副奚落的嘴脸，D挺直腰背站在客厅里，看着众人在自家有上千年历史的庄园里翻箱倒柜。

像是过了一个世纪，就在 D 以为一切都结束了的时候，H 却突然凑了过来，在他耳边道："我知道你书房后面的密室里藏了一些东西，但放心好了，我不会让人搜查的。"

D 的头脑空白了几秒，一股怒火瞬间窜了上来。

书房后面是 D 的祖父留下的一些小物件，并没有什么违禁品，D 把他们藏起来只是怕这些手脚不干净的精英巫师损坏或是偷拿了什么。

H 这是什么意思？

故意羞辱他吗？

就像是在逗弄什么手掌心里的小宠物——我知道你的小把戏，但我放你一条生路。

D 的脸青一阵白一阵的，令人窒息的无力感涌上他的四肢百骸。

怒火就像是灌满了水的杯子被扔进了一颗石子，顿时控制不住地溢了出来。

"H。"D 抬高了下巴，狠狠地一巴掌打在 H 的脸上，"你的脑袋是被巨怪踢了吗？什么时候轮到你来同情我了？"

"啪"的一声，D 用了十成十的力气，H 被他打得背过了头。

以为 D 要攻击副部长，精英巫师们慌忙举起手中的魔杖，对准了 D。

H 狠狠地瞪了 D 一眼，抬手擦了擦嘴角的血迹，狼狈地对众人摆手道："没事。"

仿佛时光穿梭回了校园时期，两个人针锋相对、互不相让，就连战争时期他们之间那微妙的平和感都不复存在了。


为了复兴家族，帮父亲出狱，D 找到各种关系，终于进入了精英巫师部。只有亲手杀掉那些巫师叛徒，展现 D 家族的忠诚，家族荣誉才会重新回归。

可偏偏 H 又从中作梗，把自己调到了他的手下。

这又要怎么折辱他？

D气得再也没去精英巫师部上过一天班，而在听到有杀死贝拉的任务时，为了抢功，D甚至偷来了H的隐形衣，率先来到梦魇林。

有了隐形衣的加持，D找到贝拉的过程格外顺利，他和贝拉在森林中厮杀得不相上下。

在双方都受了重伤的情况下，那个精明的女人一脸恨意地向他提出："我只是想要为主人报仇！既然你曾经也效忠过主人，不如我们联手杀了H！报完仇我会下去陪主人，到时候我自杀，让你立功！"

H如果再获得杀死贝拉的功勋，那他成为下一任的精英巫师部长就是板上钉钉的事情，到时候自然更没有D的好日子过。

而除掉H，杀死贝拉的功勋将属于D自己，属于D的家族。

要是换了其他人说这些话，D一定不会信。

但他了解贝拉是什么样的人，黑魔王最忠心的狗，一个疯女人，为了黑魔王她什么都能做。

那天黄昏，D答应了贝拉的要求。

此刻，D的手不断颤抖，他看着面前H修长的脖颈，意识逐渐模糊。

杀了H，杀了他，D家就可以恢复辉煌……

可在内心的一个隐匿的角落，却有一个弱小的声音在讲："可是H刚刚救了你，还照顾了你一整夜……"

脑海中闪过H无辜的脸、父亲入狱前的癫狂，还有昔日朋友的冷嘲热讽。

D浑身颤抖，紧张得冷汗顺着脸颊直流。

像是掉进了深海，无论D怎么选择，荣耀还是仁慈，他都将被无情的海浪溺毙。

就在咒语即将脱口而出时，H微微侧了侧头，D旋即放下了魔杖。

H侧过脸，一双绿宝石般的眼睛清澈干净，他问D："你饿吗？"

D 深深地闭上了眼睛，疯狂的念头还在脑海中发酵，他想，还是等等，和贝拉一起杀掉 H 吧。

## 04

"你碰见贝拉了？" H 一边生火烤面包，一边狐疑地盘问 D，"怎么伤得这么严重？"

"没有。" D 靠在树上矢口否认，撒谎道，"森林里有很多野兽，我受了袭击。"

"你的伤口像是魔杖造成的。" H 面无表情地打量着他，身为精英巫师部副部长，他对伤口非常敏感。

"不是。"多说多错，D 尽量简洁道，"这是旧伤。"

H 把手中烤得香喷喷的面包递给了 D。

D 咬了一口，面包香甜的气息舒缓了他紧张的情绪，他逐渐平静了下来，主动岔开话题道："你怎么敢生火，不怕贝拉发现我们吗？"

"我的隐形衣丢了，没法隐匿行踪。" H 无所谓道，"既然她用魔法阵也能知道我们的行踪，我们还瞒什么？"

H 的隐形衣是 D 偷的，此时隐形衣就在 D 斗篷下的口袋里，薄如蚕丝的一小块。

D 心虚极了，心中非常懊恼，暗道自己怎么哪壶不开提哪壶，面上却不动声色地骂 H："你可真是个废物，一件隐形衣都守不住！"

H 瞥了他一眼，冷不丁地对正咬着面包的 D 开口："吃完东西我就送你回去。"

有些惊讶，D 瞪大了眼睛："你什么意思？你要自己一个人抢功？"

"这跟抢功没有关系。" H 不悦 D 对自己的无端揣测，"你受伤了，贝拉又是个疯女人，你不适合在这里继续待着！"

"呵！" D冷笑，嘲讽他道，"你别在那儿假好心！我是不会把功劳都让给你一个人的！"

H狠狠地瞪着D，他们无言地用目光交锋。见D丝毫没有退却的意思，H无奈地主动放软了语气。

"D。" H一字一顿地喊他的名字，"你还记得六年级的时候，我在洗漱间失手差点把你杀死的事情吗？"

D当然记得，当时他们针锋相对，站在不同的利益阵营，在洗手间的交锋中，H用了一个攻击性极强的咒语。

"我当时看见你倒在血泊里……你不知道我是什么感受。" H的神情格外认真，他的声音悠扬得仿佛午夜的小提琴，"……我非常后怕，一度因为愧疚而睡不着觉，一闭上眼睛就是你在血泊中挣扎的样子。"

那双注视着D的眼睛意外地有些深情："求求你不要让我再经历一次那样的情景了……"

脖子后面一片鸡皮疙瘩涌起，D嘴唇动了动，想骂H，却被他奇怪的态度搞得不知所措。

救世主又在谋划什么？

为了把他赶走，连这样的话都说出来了？

喉结上下滑动，D甩下一句："我管你什么心思！反正我是不会走的！" 就死死地闭上了眼睛。

恍惚间，D听到了H无奈的叹息。

◆05

D和贝拉商议过，先由D带着H到魔法阵的阵眼，再由贝拉突袭，杀H个措手不及。

这两天，D跟着H在森林里四处搜索贝拉的踪迹，他有意无意地把

H 往贝拉的位置引。

森林里就算没有贝拉，也是危机四伏，总有奇怪的动物和植物向他们突然发出攻击。

但令 D 感到意外的是，从父亲入狱后他就感受不到片刻安宁，在 H 身边却体会到了前所未有的心安。

救世主确实魔法高强，在危机四伏的魔法森林中还能带着他这个伤者全身而退。

而自学生时代起，独处就必定发生矛盾的两人，此时的关系也终于得到缓和，至少 D 现在能够好好说话，不再对着救世主破口大骂了。

"我去擦个身子。"

冷汗和衣服上的血迹混在一起，D 的身上又酸又硬，当他看到附近有一个湖泊的时候，他终于无法忍受。

密林里的湖水冰凉又清澈，林中那巨大的藤蔓全都倒映在湖中。

D 脱掉厚重的衣服和鞋子滑进湖中，正打算体会难得的清凉，H 的声音却在后面响起。

"我有新衣服，你要不要穿？" H 捡起他沾满血迹的斗篷，"我帮你把旧衣服扔了吧。"

扑通一下，那一刻 D 以为自己的心跳停了——那件隐形衣就在斗篷里裹着，H 只要稍微翻动一下衣服就能看见。

"不用！" D 强硬地打断了他，"你别碰我的衣服！"

冷汗直流，此刻他浑身赤裸地待在湖中，而 H 却拿着他的罪证站在岸上，没有什么比这更糟糕的了。

心卡在喉咙眼上，D 努力抑制住自己发颤的声音："H，你把我的衣服放下。"

斗篷被 H 轻飘飘地扔在地上，露出隐形衣的一角，H 像是因为他强硬的态度而生气了，声音冰冷："不碰就不碰，你嚷嚷什么？"

D 两眼发黑，不知道 H 有没有看到那件隐形衣，他拽过自己的衬衫胡乱套上，一把抱起地上的斗篷，满脸僵硬地与 H 对视。

救世主绿宝石般的眼睛看不出情绪，D 却紧张得心脏狂跳。

但幸运的是，H 并没有说什么，他转过了脸。

简直就是劫后余生的感觉，但 D 并没有放松片刻。

H 真的没有看到吗？

他要是看到了会怎么样？

他是不是已经看到了，只是想更多地试探自己……

巨大的恐惧向 D 袭来。

## 06

跟 H 待在一起越久，愧疚感就越重，D 简直要被压垮了。

H 像是真的把他当成了朋友一般，照顾他的衣食，并不再像学生时期那般冷言冷语，甚至会在难耐的黑夜跟他搭话，回忆学生时期不大愉快的经历。

"我们上学那会儿你的嘴巴真够毒的。"H 毫不留情地吐槽他，"不过现在也不怎么样就是了。"

"要是当初我们在学校见面的时候，我没有拒绝你的交友邀请，现在会怎么样？"H 半躺在草地上，天真地侧过头问 D。

年轻气傲的小少爷曾经对救世主很感兴趣，在魔法学校的第一面就跟 H 搭话，却被对方冷酷地拒绝了。爱面子的小少爷恼羞成怒，两个人的梁子就这么结下了。

H 现在提起陈年旧事是有些示好的意思在里头，D 猜不透他是怎么想的，只能背过身拒绝交流："才不是交友邀请，我是看你可怜想照顾一下，是你自己不识抬举。"

即使他们当时真的成了朋友也不会有什么好的结局吧，D 想，道不同不相为谋，终有一天他们还是会因为彼此的立场不同而决裂的。

但 H 却仿佛有些后悔地道："早知道我当初就答应当你的朋友了。"

H 的话仿佛糖衣炮弹，这些天 D 不断在心底告诫自己，不要心软，救世主还是得死，他没有选择。

可干涸的心干枯了许久，遇到了点善意，就仿佛遇到甘露一般，D 甚至要因为巨大的愧疚感而感到窒息。

"D？"H 的声音打破了 D 的思绪。

"嗯？"D 一惊一乍地回头。

"我说我们往另一边走。"H 浅浅地笑了一下，"你怎么心不在焉的？"

D 回过神，要是按照 H 指的路来，他们只会离阵眼越来越远，他连忙开口道："往这边走吧。"

H 盯着 D 好几秒，直到把 D 看得不自在才开口，却问了一个完全无关的问题："D，你不会害我的，对吧？"

那一刻，D 甚至产生了一种 H 什么都知道的感觉，但看到救世主平静的脸，他又觉得那只是自己的错觉。

"呵呵。"插在口袋中的手骤然攥成拳头，D 不自然地假笑，"当然，你在胡思乱想什么呢！"

## 07

经过几天的长途跋涉，阵眼近在眼前。

可 D 越发地紧张起来，他疑神疑鬼，攥着手中的魔杖，身体轻微地颤抖。

"D，"H 又突然喊他的名字，"要不我还是先送你出去吧。"

D 顿在原地，他的精神就像是一根紧绷的弦，临近崩溃的边缘："怎么了？你今天到底怎么回事？为什么总是疑神疑鬼的！"

"我突然有不好的预感。"一直以来，H 都非常相信自己的直觉，他坚定道，"我还是先送你出去。"

感受到一种深深的无力，D 没有再跟 H 争执，在这些天的相处中，D 突然有了一种"无论他说什么，H 或许都不会反驳他"的感觉。

"让我去吧。"D 放软了姿态，他无力地靠在身后的树上抱着自己的胳膊，不敢看 H 的神情，"我的家族需要这个功勋。"

H 再一次妥协了，D 从心底感受到一阵深深的悲凉，他从来没有想过，他第一次祈求 H，竟然是为了杀他。


黄昏时分，鸟雀在森林中低鸣，他们终于来到了梦魇林中心。

D 如愿地把 H 带到了阵眼处，这个过程容易得让他心惊。

他看见了躲在暗处的贝拉，垂下眼睛，长长的睫毛掩盖住他心中各种糅杂的情绪。

D 扯了扯 H 的袖子，故意让他背对着贝拉，他压低声音，凑近了些。

H 察觉他有话要说，主动凑了过来，D 的声音轻得仿佛梦魇林中的细雨："对不起。"

他看见 H 祖母绿色的眼睛中满是惊讶，下一秒，H 滚烫的血溅到了他的脸上。

08

不知道是贝拉失手了，还是 H 自己躲了过去，贝拉这一击并不致命。

H 捂住受伤的脖颈跳到了一边，满脸不可置信地看着 D："为什么？"

闭上眼睛，D 垂下头不敢看他。

一旁的贝拉却放声大笑："H！我终于遇到你了！今天我就要用你

的鲜血为主人报仇！"

话音刚落，她就挥舞着魔杖向 H 施咒。

他们扭打在一起，用魔法缠斗起来。梦魇林里一片混乱，在强震的魔法影响下，尘土飞扬，野兽四处奔走。

D 慌乱极了，内疚、恐惧还有对复兴的渴望在心底交织成一片，H 不可置信的眼神也深深地刺痛了他。

他听到贝拉疯狂地喊他："D！你傻站在那里干什么！杀了他！杀了 H！"

他又听到 H 冷静又理智的声音，他没有多说什么，只是喊了他的名字："D。"

窒息感顺着脚底爬上四肢百骸，冷汗蔓延至 D 的全身，他仿佛一个溺水的人，在一旁不停地颤抖。

家族荣誉近在咫尺。

D 的脑海中闪过人生经历过的无数画面。

黑魔王在他胳膊上刻下黑暗印记，用戏谑的眼光看着他："好孩子，很听话。"

父亲在监狱中异常瘦弱邋遢，用疲惫的声音道："想办法让我出去。"

贝拉勾起乌黑的唇角，用满含恨意的声音道："杀了他，杀了 H。"

D 颤抖着双手举起魔杖，他闭上了眼睛，用尽全身的力气喊道："灰飞烟灭！"

**09**

梦魇林恢复了宁静，D 的意识放空了，他什么都听不到。

"咚"的一下，他跪倒在地上，捂住胸口，仿佛呼吸不上来一般大口大口地喘息。

贝拉倒在一旁，她双眼还直愣愣地睁着，望向 D 的地方，像是不敢相信他最后一秒的背叛。

终究自己还是心软了，D 有些绝望地跪坐在地上，他就是最没用的废物，在最后一刻功败垂成。

涉嫌杀害下一任精英巫师部长，等待他的是将会是什么？

终身监禁吗？

他的父亲会怎样？

没有了自己和父亲，母亲大概会疯吧？

"H。"D 瞥了一眼站在贝拉身旁满身血迹的救世主，有些悲切地想要祈求他放过自己，可话堵在喉咙中却又没有立场说出来，谁会原谅一个要杀自己的人？

下一秒，出乎意料地，D 跌进了一个温暖的怀抱——H 紧紧地抱住了他，把头埋在他的颈间，用颤抖又激动的声音道："我就知道……我就知道你一定不会杀我的。"

莫名感到愤怒，D 因为自己的心软而愤怒，也因为 H 奇怪又柔软的态度而愤怒。

D 猛地推开了他："你是脑袋被巨怪踢了吗！要是贝拉没有失手，现在死的就是你了懂不懂！"

"没关系，D。"H 注视着 D 脏兮兮的脸颊，擦掉他脸颊上的血迹，"我也差点杀掉你，你忘了吗？"

重新抱住 D，H 在他的耳边温柔道："我不会告诉任何人的……贝拉是你杀死的，你的家族会得到应有的功勋，我也会帮你爸爸出狱……

"我保证。"H 的声音仿佛有什么奇异的能量，令人异常安心，D 不由得闭上了眼睛。

自大战结束起，家族所有的重担都压在了 D 的身上，他甚至不敢说一句"自己承受不住"这样的话。

D 坚强的假象在这一刻轰然倒塌，他终于控制不住地哭了出来："为

什么？你在故意羞辱我吗？H，我从来都没有想要你帮我，你这个自作多情的浑蛋！"

他的泪水淋湿了 H 的衬衫，H 温柔地拍了拍他的脊背，无言地安慰。

最后，D 还是把手轻轻地搭在了 H 可靠的肩膀上。

他是一个即将溺毙的人，沉在海底，只有 H 愿意潜水千里，把他从暗无天日的深海中捞出来。

**10**

在看不见的地方，事情并不全是 D 想的那样。

一个月前，精英巫师部。

秘书玛丽不可置信地一遍又一遍地问自己的顶头上司："您确定要招 D 进入精英巫师部吗？他曾经可是个巫师叛徒啊！这样做对您没有半点好处！甚至还会毁坏您的名声。"

"不要多问。"H 冷淡地推了推眼镜，"不要告诉他，是我批准他进的精英巫师部。"

他和 D 的孽缘是什么时候开始的呢？

大概是从第一次见面，众人面前，金发少爷趾高气扬地走了过来对他说："我叫 D，是纯血贵族，你要当我的朋友吗？"

当时正处在人生灰暗时期的 H，见到这种养尊处优、泡在蜜糖中的少爷，心底难免有种隐秘的恶意，他冷漠地拒绝了他："不要。"

他们的孽缘就这么开始了。

从小被姨母一家恶劣地对待，H 只是披了一层斯文的外衣，内里早就黑了。很多次，他故意挑衅 D，是为了看小少爷被气得跳脚的模样，那样他会得到一种隐秘的快感。

D像一只任性的猫，调皮的时候格外活泼迷人，但讨厌起来又像一把锋利的剑，能插得H心口鲜血直流。

对H而言，和小少爷打闹的过程就像在逗猫，让他甘之如饴。

这次带着D完成任务，是因为这个功勋本来就是为D准备的。他心疼D，打算把功勋让给他，却又不打算告诉他。

梦魇林中，看到隐形衣的那一刻H立刻就猜出了一切，说完全不生气是假的，所以H故意惩罚他，恶劣地看着小少爷自己把自己吓得一惊一乍的。

可真把人逼急了，看着D自责得精神恍惚，H自己又不忍心了，说要送小少爷回去，不想真的逼他。

贝拉刺过来的那一瞬间，H早有预感，侧过了身子，躲过了致命一击。

而D最后的选择也令他心花怒放，他的小少爷就是世界上最容易心软的人，他很庆幸，最后D选择了自己。

幸好，从一年级到入职精英巫师部，他终于等到了一个美满的结局。

*End*

ZHEN XIANG SHI

LING
HUN
ZHI YOU

原以为是合作捕捉猎物，
到头来自己才是那个早就被盯上的猎物，
一切过往，全是假象。

一切有为法，如梦幻泡影，
如露亦如电，应作如是观。

▽文 / 福洛菲一枝

所谓soulmate，是万千石中淘金玉，
并肩穿行于人世间，同频共振，真假难分。

# 灵魂

# 挚友

# 灵魂挚友

▽文 / 福洛菲一枝

所谓soulmate，是万千石中淘金玉，
并肩穿行于人世间，同频共振，真假难分。

## 01

"云深雾笼间望不清前路，耳旁只剩不断响起的摇铃声，时远时近，引着我踉跄前行。层层迷雾中有一点光亮向我飘来，当我准备抬手拨开眼前的雾气时，忽然腿下一软——"

"啪——"庭院中的滴水竹筒撞击在石面发出一声脆响，与钢笔坠落到地板的声响重叠，在这深夜中显得不合时宜了些。

原本立在窗前的年轻人俯身捡起滚落到自己脚边的钢笔，走向笔落前伏案写字的人，目光也顺着那人的右手落在了被粗暴涂黑的笔记本上。

"怎么不继续写了？"

"因为我醒了嘛，不记得了。"回答的人表情无辜地冲他摊手，说完便敛了敛自己绘满花枝的红底睡袍，一头栽进铺满月色的被褥间，突然

他又回头对着年轻人一笑，"晚安，Q。"

"晚安，Y。"

Q，天才神探，年纪轻轻就已跻身全球侦探榜前列。

Y，海外华裔，与他花蝴蝶般的浪荡子传闻同样出名的，是他与 Q 不相上下的推理能力。

原本这两个人已是知己好友，在一次次的合作中更是培养出了无须多言的默契。

但仿佛是命运的安排让他们相遇，也同样是命运给他们开了一场突如其来的玩笑——Q 发了疯似的去绑架了 Y，在所有人眼皮下策划了一场完美犯罪。

在陌生环境中醒来的 Y 倒也没多惊讶，因为他一睁开眼就看见了 Q。虽然暂时不清楚 Q 为什么会对自己下药。

是的，在 Y 拿起那杯被 Q 调换过的水杯时，作为一名在年少时便已经历数次绑架的知名富家子，Y 对那些看似无色无味的液体早就有了预判危险的第六感。

但他还是选择不动声色地喝了下去，因为他实在太好奇 Q 打算做什么了，想到这儿他甚至心情都更好了。

结果就这？

Y 环顾四周，至少他待的这间房里整体装饰品味尚可，与自己名下某个住处风格还挺像，他也能舒舒服服穿着自己的睡袍躺着。

"你不怕吗？"

"怕什么？怕你把我手脚绑起来倒吊？然后嘴巴里面再塞个臭破布？

还是拿胶纸封住？或者……"

Q听着微微皱眉，这就是眼前人在少年时经历过的吗？那些关于Y的传言他也听过，但听着当事人这样大大咧咧地说出来，他心里还是涌上一丝不痛快。

"你以前被绑架时也是这样说话的吗？"

"嘿，你这也算是绑架啊？"

Q不再搭话，转身去整理自己的背包，从中拿出一部手机递给Y："这部手机，只能用来联系我。不要试图离开这个房子向其他人传递消息，记住，你做什么，我都会知道。"

"是吗？"Y满不在乎地敲了敲手机壳，"光是我一天不登社交账号发照片这件事就足够反常引人注意了，更别说几天不回家了……我那个时时刻刻盯着我的好弟弟就要去向母亲告状了。"

Q闻言突然想到了什么，脸上一红，虽然转瞬便压下去，但还是被Y的眼睛捕捉到。

"这，这个就不需要你担心了，我走了。"

看着快步离开的年轻人，Y没忍住大笑出声，独自嘟囔着什么："你这根本不像绑架啊，倒像是……"

✦✦✦<br>03

离开小楼的Q回头望了一眼掩在树后的窗户又离开，心中飞速盘算着还剩下的时间。

多年前，Q的父亲因罪入狱，可就在半个月前，有人找到Q，告诉他其实父亲并不是唯一的犯罪人，再准确一点来说，Q的父亲是受人胁迫的，那个背后的主谋是谁至今无人知晓。而那个前来告知Q的人，是来自侦探榜第一名的O组织成员。

那个传说中神秘的 O 组织，在此之前向 Q 抛出过橄榄枝，被 Q 拒绝了。现在，他们又一次试探他。

"Q，如果你想寻找当年的答案，就来寻求我们的帮助。在此之前，你需要完成一场完美犯罪，以示你的诚意。"

这一次，他们选择试探 Q 多年的心魔。

人行于世，必有七情六欲，有欲念便滋生执念，能够拒绝一次，两次，那么三次四次呢？

十字路口提示音响起，Q 跟着人群走向绿灯亮起的对面，头顶恰好有片云飘来，遮住了天光，刹那间为这座城与城中的人都镀上一层灰色。

O 这次有备而来，但他们猜不到 Q 会选择绑走 Y 来完成测试。

Q 相信 Y，就像 Y 此前数次无条件信任他一样。他们就像是世界上一分为二的双生体，不用言明，也能配合对方演出随机剧本，让他人分不出真假。

侦探榜上的任务还在不断更新，O 却一直没有动作，Q 索性挑了一个还没人接的任务，不仅因为刚好在同城，还因为这又是个密室题。

密室，都是人为的幻象，世上没有绝对的密室。

## 04

两天后，Q 再次回到藏着 Y 的小楼时，恰好是个天气不错的傍晚，天上的云霞很美。

"回来了？你接了新任务？" Y 冲 Q 晃了晃手机，屏幕停留在 Y 的账号界面。

"不是跟你说了这个手机只能用来联系我吗？"

Q 伸手便要去夺手机，Y 下意识举高手机往后一仰想躲过去，却没想脚下一绊重心不稳地倒进了沙发里。

Q 见状扬扬眉，戏谑道："还躲？"说着便俯首扶着沙发扶手倾身过去。一时间竟没人说话，都打量着对方脸上的表情，最后是 Y 先笑了出声。

"Q，我可是听话得什么也没做，但我还不知道你竟有黑别人手机相册的爱好。给我看看你私存了我多少照片啊？"

原本气势处于上风的人，闻言瞬间像被扎了孔的气球，看着 Y 举到自己眼前的手机屏幕，Q 的面色突然变得不自在起来，手上使了个巧劲迅速地直起身，转过头不答话。

"让我猜猜，"Y 倒在沙发里也不打算起身，仰头顺着窗户看出去，"所以这些天你就一直模仿我，在我的账号上发被你盗走的照片库存，看来我家里那边也是被你用了什么方法糊弄过去了，不过 Q，"Y 忽然从沙发里坐起来，将夕阳的光挡在身后，逆光冲 Q 一笑，看不清表情，"你怎么不发我的帅照啊？我相册里有不少吧？"

"你快闭嘴吧。"

Q 一想到自己黑入 Y 相册时，看到那些花里胡哨的照片，内心是窒息的。

这只花蝴蝶，当真不知收敛。

不想再继续这个话题，Q 顺手翻开摆在手边的书……

嗯？古诗集？

Q 转身向 Y 扬起手中的书，满脸的疑惑。

"无聊从你书架上随便拿的，结果一翻就翻了段和咱们挺有缘的诗词。我背给你听听啊……"

Q 瞬间不想再跟他说话了，怕被带偏。

后面连续几日，Q 都早出晚归。


Q 接下的密室案，受害者是地方台主持人白珊，逝于自家浴室中，

疑似轻生。

　　当时正是家庭聚会，亲朋好友都在场。白父是当地名流，育有二女，大女儿白珊是已有资历的主持人，小女儿白瑜是文娱界新星，她们有着仿佛复制粘贴般的美貌与锦绣前程，这一家怎么看都属于是女娲造人时稍显偏心的那一种。要说大女儿轻生，外人都觉得不可信，更莫说白父，也难怪他会在侦探榜上标出一个不菲价格。

　　Q从一开始就不相信这是自杀，顺着思路线索一步步验证，果不其然。

　　可是，他不明白凶手为什么这么做，于是私下约了对方见面。

　　一周过去，案子还未结束，引得Y都忍不住好奇起他接下的那个密室案到底有多棘手。

　　"这不像你的风格啊，Q。"

　　Y拉开Q身旁的座位，随手翻阅那一沓沓资料，越翻越觉得离谱，索性原样放回去，趴桌上侧头观察Q。

　　"你在等什么呢？"

　　"什么等什么？"

　　"你已经有了判断为什么还不开始收尾？"

　　"还没想好。"

　　"是没想好凶手是谁，还是没想好要不要说出真相？"

　　Q抬头注视Y，对方仍是惯常的那副轻浮做派，花衬衫上的扣子解开三颗，袖扣也摘了，随意挽起袖子露出一截小臂。而这只花蝴蝶，正似笑非笑地看着自己。

　　Q忽然觉得精神上过于默契有时也会让自己无处躲藏，Y一眼就能望进他的心里，看见他在想什么。

　　深呼吸后，Q打开电脑调出一张对比拼图，将屏幕转向Y："看出来了吗？"

　　Y盯了两秒后一脸不可思议地抬头："这么明显都没人发现？这简直

是送分题。"

"荒谬吗？"Q转动着指间的钢笔，脸上同样是嘲讽的笑，"在场总共十一人，都是有血缘关系的亲朋，竟无一人发现不对。"

"或许是，模仿得太像，让人分不清。你最近模仿我，不也没人发现吗？年复一年，日复一日，朝夕相对，又有出厂自带的先天优势。至于旁人，哪儿能看得那么清楚呢？"

"是吗？"

"又或者，有人发现了什么，却选择不说。"Y伸手拿过Q手中的笔，打开笔记本写写画画，"就像你选择不说一样。"

Q静了半晌，开口道："我没有选择不说。"

"那你还在等什么呢？这个案子只剩一天时间了。"Y起身，自上而下俯视着Q。

Y天生眉眼立体深邃，房间里的顶光自头顶落下，在他面部投下阴影，半明半暗，连带平日里艳丽的五官都生出冷意，像一座没有表情的俊美石雕，无形地高压压在Q心上。

看着Q无言的样子，Y又于心不忍，他斟酌了一下，低下身，伸手握住Q放在鼠标上的右手："有时候，原则，是可以根据情况改变的。"另一只手环上Q的左肩，继续温声说道，"你不愿说，是因为不忍心，对不对？"

"对。"

## 05

白女士白珊与其妹白瑚是同父异母的一对姐妹，白瑚的身份证年龄是刻意更改过的，其实白瑚才是姐姐。

早年时，白父与白瑚母亲原是一对情侣，却遭白珊母亲横刀夺爱。

在生下白瑚没几年后，白瑚母亲便因意外去世，可是白瑚却告诉Q，那不是意外，是有计划的谋杀。白瑚说，白珊母亲虽没有直接害死自己母亲，却是那场意外背后的主谋，胁迫他人为自己做事。这一切，也是行凶者在入狱后听说白珊母亲不在了，实在良心有愧才告诉白瑚的。

"秦先生，你相信天道轮回吗？"白瑚一直紧绷的表情突然间变得轻松起来，像是沉浸在什么美梦中，"那个女人，在我母亲去世半年后就遇上了车祸，还没送上救护车就没了。"

"抱歉，我是唯物主义者。"Q回答说。

白瑚倒也不在意他回答什么，继续自顾自说道："就在那不久后，我那位父亲，突然良心发现，又或者说他怕了，他怕我的母亲。他在她生前不珍惜她，又在她死后怕得频繁噩梦，所以将我接到了白家认祖归宗。"

Q注意到白瑚捧着茶杯的手，指如葱白，杯中沉底的茶叶隔着玻璃映在她的指尖，仿佛能染出翠色。看来白瑚来到白家后，白父处于愧疚或是其他原因，对她十分娇惯。

"为什么要改年龄呢？"

"因为这是认我归宗的条件。白珊的外祖父那边施压，如果我比白珊年纪大，那他们死去的宝贝女儿与尚在人世的宝贝孙女都会遭人非议。可如果我比白珊年纪小，那么遭受非议的也只有我这个私生女。"白瑚盯着茶水中映照与白珊一模一样的脸，不自觉伸手抚上脸侧。

"多讽刺，明明不是同一个母亲，却长着一样的脸，甚至有一样的身高、身型。更讽刺的是，白珊这个名字，原本是属于我的。珊瑚，是我父母相识时的定情信物。小时候她抢走我的名字，长大后，又像她母亲当年那般抢走我的爱人，我不过是新仇旧恨一起算罢了。"

Y听完后没出声，在脑中复盘。所以当白瑚做了一切后，伪造出密室现场离开后，又扮作白珊的样子出现时误导了后来的时间线，可是那些亲人中就真的没有人发现吗？又或者是因为知晓当年的内情才选择不

出声？

思索片刻，Y 起身倒了杯酒递给 Q。

"我曾经说过，我只负责找出真相，其他的事情不是我能决定的。"Q咽下一口酒，别过头去，不看 Y 的眼睛，继续说，"我以为我永远不会变。可是，主谋遇到车祸意外身亡就可以把一切一笔勾销了吗？那个当初被她胁迫的人的人生又有谁来还？"

"那就按你心里想的做。"

意料之外的回答。

Q 回头看向 Y，这些天他一直有种直觉，Y 似乎在安静地等待着什么，但他猜不到。在 Y 的身上，莫名多了一些陌生的气息。

"Q，你是人类，是人类就会被感情所阻挠，做不到像人工智能那样不带感情地精密计算。"说着，侧身给了 Q 一个拥抱，低声在他耳边说着，"恻隐之心，在所难免。"

恻隐之心。

四个字像是有安眠的魔力，Q 忽然间觉得这几日连轴转动的大脑泛起了困意，在 Y 的安慰下睡了过去。

Y 低头看着他，眼底泛起琢磨不清的神色，轻叹了一声后，小心翼翼地将 Q 安置回房间休息。

末了，Y 回到工作台，拿回自己的笔记本，摘开笔帽将刚才没写完的句子补充完整。

"一切有为法，如梦幻泡影，如露亦如电，应作如是观。"

## 06

Q 醒来时，整个房子里空无一人，没有人能回应他的呼喊，只剩 Y 留下的手机与他的笔记本。打开手机，通信录里只存了一个号码。

拨出去后没一会儿，就有熟悉的声音传来。

"原计划让你睡到明天的，可我还是没忍心。"

Q 返回主屏幕看了一眼日期，最后一天了，只剩两小时。

"Y！"

"等会儿，先别急，我还没恭喜你呢。我亲爱的朋友 Q，恭喜你通过 O 的测试。"

一如既往的语气声调，却听得 Q 浑身发冷："通过测试？呵，我的人质都跑了，也能算通过？"

"谁让我们是好兄弟呢，我的测试是一带一，我过了你也就过了。忘记跟你说，我的测试题，刚好就是你啊，你说巧不巧？我们果然很有缘，古人诚不欺我也。"

见 Q 没出声，Y 开始自顾自说起自己收到的测试题，O 要求 Y 动摇 Q 的初衷，让他违背自己的原则，只要 Y 能成功做到，那就算他和 Q 一起通过测试。Y 拿到试题后，思前想后觉得还是得循序渐进，走潜移默化之路。

"Q，其实从你绑走我时，我就猜到 O 那群坏蛋肯定又给了你新的题，那我干脆顺水推舟按照你的计划来，帮助你完成一场完美犯罪嘛。"Y 此时正穿着他的花衬衫坐在阳台上喝酒，Q 听到了听筒里有风声和冰块与酒杯撞击的声音传过来。

"不过 Q，你真的就没想过为什么我那么配合你？为什么全程你那么顺利吗？因为你做的一切都是在我允许范围内啊哈哈哈。哪里有什么完美犯罪，不过是我陪你演戏呢。"说到兴奋处，Y 忍不住笑起来，却不小心呛了口酒。

Q 听着手机那头的咳嗽声心烦意乱，他定了定神，说："Y，我知道你是演戏，可我原以为是你陪我一起演。"

"Q，你在说什么啊，怎么把我绕糊涂了哈哈哈。"

"什么时候开始的？"

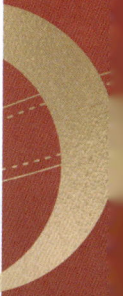

Y 收起了笑声，轻声说道："就是一开始啊，从我们见面的第一天起，还记得我当时对你说过一句话吗？"

第一次见面？

Q 印象中他第一次见 Y 时，只觉得这人在人群中过分扎眼，一脸轻佻，身上映染着斑斓彩光流动的影子，绮丽无比。

后来四目相对，对方说了一句"狩猎愉快"。是了，就是这句。

原以为是合作捕捉猎物，到头来自己才是那个早就被盯上的猎物，一切过往，全是假象。

"看来你已经想起来了，时间不早了，晚安，Q。"

Y 说完便挂断了电话，Q 再回拨过去时只有关机提示音。

"啪——"手机摔到地上发出玻璃碎开的刺耳声，Q 转头看见 Y 留下的那本笔记本也觉得刺眼，翻开后又撕不下手，却看见在 Y 记录梦境的那一页，有一排新添的小字。

"寻光行至青山下，抬头入眼是如来。"

入眼是如来，入眼是如来。

Y 你真的是……

Q 跳下床，到客厅找到自己的手机，看了一眼时间，还剩 30 分钟。

"你好白先生，我是 Q。"

## 07

后来，Q 和 Y 的测试双双失败，两人又凑在了一起。

Q 没有问 Y 为什么留了那排字给自己，他那天"意外"提前醒来的时候，就应该明白了，Y，一直都是他心里的那个 Y。

"寻光行至青山下，抬头入眼是如来。"

　　Q 在看见的那一瞬间就懂了，"如来"既是"佛"，又是"某些事情发生后的顿悟"。

　　佛眼中众生平等，过往皆为云烟。人性本就复杂，没有单纯的好坏可以直接下定义，也正是这些明暗矛盾的存在，才构造出了复杂的人类世界。

　　Q 一直在寻找真相，寻找他心里认为的光，但在这寻光的过程中，他的心受到了蛊惑。他对白瑚的矛盾来源于自身情感的投射，人类总是在可以找到自己影子的事情上格外有同理心，于是他心中的天平就出现了倾斜。

　　Y 给 Q 留下这句话，把 Q 从自顾自地投射中拉了出来。

　　这句话不仅仅是 Y 在唤醒 Q，也是 Y 在为自己开篇记录的梦境故事，画上句号。

　　故事的一开始，是 Y 编造的两人相遇的虚幻。

　　现在剧情落幕，接下来的日子便是坦诚相待。

　　寻光行至青山下，抬头入眼是如来。

*End*

# 天机不可泄露

ZHEN CHANG LIU

● 文/绿蜡

蜂蜜柚子那样甜的。

微博@绿蜡的本尊

X I A

命运不可安排，更不能惧怕。

# 天机不可泄露

● 文 / 绿蜡

蜂蜜柚子那样甜的。
微博@绿蜡的本尊

## 01

大朝会，各路天王星君入朝会见玉帝。

敖丙起了个大早，换上朝服，御着云直奔南天门，半道碰到跟他差不多倒霉的大祸星君李艮，两人结伴同行。

还未到南天门，远远看见许多仙兽和御空仙器的宝光，其中一道赤红的，正是哪吒的风火轮。

李艮是封神之战里第一个死后封神的，凶手正是哪吒，多少年后仍心有余悸。

他道："三太子，卑下瞧见那煞神就头痛，先行一步走。"

他避开南天门大道，直往侧门小路走，避之若瘟疫。

敖丙实在懂这老下属，毕竟自己就是第二个死在哪吒手中的，便没有挽留，只藏在星君群里寒暄，尽量不招人眼。

可他越想低调，却越低调不起来。

那依然是少年骁勇模样的哪吒，兴冲冲地踩着风火轮来，大声道："三太子，好久不见呐。"

敖丙内心叹气，但还是行了个礼，道："回三太子，不过半月而已。"

封神之战后，李靖被封为托塔天王，哪吒便被信众尊为李家三太子。

年深日久，李三太子之名传遍天上地下，而东海的龙三太子则淹没在时间之中。

哪吒同敖丙并肩前行，追问道："上次朝会请你来我行宫，你怎么没来？"

上次朝会五月十五，离哪吒的生日五月十八只差三天，到处都在摆寿宴。

他敖丙去做什么？不去！敖丙便道："星图冗长繁杂，排起来忘记时日了。"

哪吒疑惑："那我敲你的星宫大门，你怎么不应？"

这不是很明白了吗？不想应，不想见，立刻滚！

但敖丙还是好脾气道："可能排得入神了，没听见。"


正好抵达南天门，敖丙立刻告辞道："三太子，我该去上朝了。"

各神职在凌霄宝殿的站位不同，哪吒是正经的威灵将军，站在殿前；敖丙只是无数星君中不起眼的一个，排在殿尾。

不同路，也不必说再见了。

哪吒却不死心，追着他喊道："你跑什么？听说今天有热闹事，下界妖猴，叫孙悟空的——"

敖丙甩着广袖大步朝前，头也没回地离开了。

## 02

孙悟空嘛，敖丙比哪吒知道得多。

这猴子本是花果山上一块仙石生出来的石卵，迎风碎出个石猴。猴子天生天养，跟小妖们混了些日子后，去三星洞拜菩提祖师，起了个"孙悟空"的名字。

他学成七十二般技艺，回花果山，被一群小妖推举成美猴王，又纠集了一帮结拜的兄弟，闹得四海龙宫和地府皆不安宁。

玉帝收到四海龙王和地府秦广王对孙悟空的状告，再三思考后，决定招安他。

今日大朝会最重要的事，就是太白金星带孙悟空来受封。

敖丙想起几位叔叔对自己哭诉龙宫被那猴子祸害成什么样，便忍不住叹气——每个话本故事里，倒霉的总有龙族。

凌霄宝殿，云蒸霞蔚，玉帝端坐高台。

白发白须的太白金星领了个毛猴进来，猴子衣冠不整、站无站相，既不行礼，也不叩拜，引起众仙人不满。

敖丙却觉得这妖猴有趣，很有几分哪吒小时候的泼皮样，正想得起劲，耳边突然传来哪吒的声音。

"三太子，想着什么笑呢？"

敖丙瞥一眼，人家李三太子舍了靠前的班位，正不顾颜面地挤在末位星君群里——李艮浑身都抖成筛子了。

"问你话，怎么不答？"哪吒拉开几位星君。

敖丙目不斜视，指了指殿前的孙悟空，道："看他。"

哪吒双手将火尖枪抱在胸前，有些倨傲道："三太子，你猜玉帝怎么封他？"

"三太子"三字听得敖丙耳朵生茧,道:"三太子,你称我华盖星君就行。"

"嫌生疏了?"哪吒自在道,"我也觉得。咱们也算老熟人了,不如直接喊名字。我叫你敖丙,你叫我哪吒,如何?"

敖丙眉目不动,免了,还是保持距离吧。

哪吒显然明白了他的选择,道:"应该不会那么容易封他仙职。"

自封神后,天庭人口膨胀,玉帝也不缺人办事,仙职和神职一个萝卜一个坑,越来越少,已不可能用什么好职位去笼络个下界妖仙。

敖丙没说话,只看着太白金星,那老家伙果然贡献出一个弼马温的官职来。

孙悟空不懂弼马温只是个马倌,以为是什么高位仙职,喜不自胜地领了旨意,去御马监任职。

场面有些儿戏,但敖丙很满意,因为事情完了就可以散会,散会后就不必继续对着哪吒那张讨人嫌的脸。

结果哪吒又拦住他,道:"星君,你觉得猴子的事妥当了?"

有什么不妥的?

"孙悟空天生天养无所顾忌,听说能做神仙才来天宫。他若知道弼马温不过是末流小官,连正经仙职都算不上,会怎么样?"

敖丙正了正衣袖,道:"能怎么样?招安讨降也是个还价的过程。"

无非是猴子发现被骗,不满后离开天宫;玉帝迫于形势,提高对价,再将他招安。

如此反复,双方各得其所,达到最终的平衡。

哪吒盯着敖丙淡漠的眼睛,道:"三太子,有些人有些事,恐怕是不好骗的吧?"

敖丙眉目不动,道:"骗?什么叫骗?明说的事还吃亏,只能怪自己懂得少,怎么能叫骗呢?"

就像他，至今没把被抽走的龙筋拿回来，只能怪自己不如哪吒会打，他还能说什么吗？

## 03

敖丙不想再和哪吒会面，推辞了很多次大朝会，避在星宫里排星图星盘。

不知过了多久，小仙童屁滚尿流地来报，说李三太子赖在宫门口三天三夜了。

他哭道："星君，三太子用火尖枪比着我，说星君不出来他就不走。满星宫怕得要死，谁敢赶他？"

敖丙无语，此无赖依仗战力，脸皮也太厚了。

只能出去见见了。

哪吒一见他就笑开了，很不正经道："三太子，终于将星图排完了？"

大道渺渺，星河数千万亿，排到死也排不完。

可敖丙没有跟他沟通的欲望，道："别站在这里吓人，咱们去天河边走走。"

天河辽阔，群星灿烂，滔滔之水从三十三天上落下，又奔向无尽的九幽之下。

神骏的天马踏水而来，从河的这头奔去那头，好几个监马官神色慌张地约束，却控制不住场面。

敖丙吸着清新的水气，道："好像有点儿混乱。"

哪吒看着他煞白的脸，道："何止有点儿？是十分！知道出什么事了吗？"

敖丙不知道。

哪吒瞥着他，问："不知道？你不是在排星盘吗？星盘能通未来知过去，怎么就没告诉你这几天发生了什么事？"

敖丙将双手袖在宽袖里，道："我只排想知道和能知道的。"

哪吒见他脸上挂着冰霜的冷淡模样，也不卖关子了："那猴子知道弼马温只是个末流后，果然感觉被骗，反下天庭去了。"

原来是这事，不早讨论过了吗？

敖丙举起袖子，挡着嘴巴打了个哈欠，有点困了。

"太白金星去花果山找他，讨价还价，同意给他一个齐天大圣的封号，没给实职。这猴子，得了封号就耀武扬威了，满天宫乱窜不说，还到处惹祸。玉帝见他闲得太过，给了他一个管西王母的蟠桃园的职缺。"

敖丙想笑，让猴子去管桃园，哪个神仙出的好主意？这不是将肉骨头吊在野狗面前吗？不被吃才怪！

哪吒又开口了："满园蟠桃全被祸害完了，连蟠桃大会所需的蟠桃都凑不齐。猴子还不消停，将太上老君的仙丹偷吃了，炉火打翻了，蟠桃大会闹得一塌糊涂，最后他见闯的祸实在太大，又反下天宫去了。"

他将火尖枪扛在肩膀上，道："一而再再而三，天宫也有规矩，肯定不会轻饶他。我父王领了玉帝的令，正在调兵遣将。"

怪不得到处一片混乱。

敖丙疑惑了，道："三太子找我，为什么事？"

打仗这种事，他帮不上忙。

哪吒凑近敖丙道："三太子，你天天排星盘，肯定最会算。父王叫我去掠个阵，我正好缺个军师——"

他手一伸，拽着敖丙的袖子，直接将人拉下云头，往花果山的方向去了。

◇ — ◇ — ◇

## ● 04 ●

花果山，地上群妖遍野，天上仙兵阵列。

一边是天宫的正规军，一边是山野的草台班子，两边居然打得难分难解。

敖丙立在山门口，看得津津有味。

哪吒双目跟着神勇的孙悟空转，道："三太子，你支个招，我去打孙悟空，是该全力以赴，还是手下留情？"

全力以赴，自然如封神时代那样，一枪出去便是一条仙命；手下留情，当然是随便出个场，虚晃两枪便闪开，给孙悟空留个善战的美名。

敖丙不明白道："三太子，你手下能留什么情？"

哪吒不答，半晌道："自封神后，天宫向来无事，玉帝也轻易不见下界的妖仙。这孙悟空确实有些本事，但也不过是闹翻四海龙宫和地府，居然就能被太白金星带上凌霄宝殿——"

想当年，哪吒杀李艮和敖丙两位正神，在凌霄宝殿门口堵着找玉帝告状的东海龙王，事后别说被玉帝惩罚了，连一句批评都没有。

至于他再后来杀石矶娘娘的徒弟，引起道门中截教和阐教内斗，又是更大的故事了。

孙悟空闯的这点儿祸，比起当年，算什么？

哪吒很不明白，怎么如此轻易地动用十万天兵天将？

敖丙听哪吒旧事重提，后背又开始抽抽地痛了。

哪吒却没自知之明，道："三太子，你帮我算算，这里面是不是有我不知道的原因？"

敖丙开始头痛了，敷衍道："我不知道，三太子想怎么打就怎么打。"

哪吒不好糊弄，用火尖枪指指他袖口上绣的星图，道："要不你现

164

在起个星盘，帮我算算，也别担心泄露天机，我保准不告诉别人。"

敖丙更不愿意了，含糊道："星盘不用排。三太子既然怀疑，不如敷衍些，随便打打，出个工交差就好。"

这话很合哪吒的心意，他挥着火尖枪冲入战场，道："还是三太子懂我，我就是这意思。"

这一场仗，主将不撑事，其他天兵天将就更没战斗力了，一个个被打得落花流水，拖着李天王往南天门奔逃。

敖丙无语至极，你们好歹是四大天王、二十八星宿、九曜星，竟然就这样明目张胆地败了？

不要面子的吗？

## 05

敖丙看了一场没滋没味的败仗，感觉时间被浪费了，刚跨入南天门，就道："三太子，你我神职不相关，以后还是不要来往了。"

哪吒正高兴敖丙开口指点，突然被泼冷水，忍不住瞪着他："你是什么意思？"

敖丙指了指凌霄宝殿的方向，一本正经道："你们今天吃了败仗，玉帝肯定不会善罢甘休，后面一定还要继续打。我虽然擅长排星盘，但在兵事谋略上一窍不通，实在帮不上忙。三太子若真想要个谋士，不如去请教九天玄女。"

九天玄女掌握兵书，历朝历代总有宿将梦中得她传授兵法，是真正善筹谋的老神仙。

敖丙说完一拱手，拖着长长的星君神袍走了，连个多余的眼神都没给。

哪吒看着他远去的背影，不服气地喊："敖丙，千万别让我抓着你

165

搞鬼的蛇尾巴！"

## 06

哪吒使出全部精力盯敖丙，可惜人家天天待在星殿排星图，令他无聊极了。

实在乏味的时候，他出门散心，就遇上受命收孙悟空的杨戬。

哪吒站边上看了一眼，就知道老同事只出了不到五分的力气，拦住他问："杨戬，你和孙悟空打的是什么？"

他明明擅长力量和剑术，为什么和那猴子斗七十二变？

杨戬还是当年银甲小将的装束，笑着冲火尖枪支着下巴，道："哪吒，你之前和孙悟空打的又是什么？"

两员战将，居然斗不过一个猴子？

哪吒偏头，道："你没觉得他身上的味道有点熟悉？"

杨戬点头，何止熟，简直是熟透了。

这大千世界里，举凡有大变化，便要先出个祸头子引来万千煞气。

当年杨戬救母，冲杀上凌霄宝殿，导致昆仑山旧神一脉式微；后来封神之战，灵珠子转世为哪吒，犯下杀孽万千，却助姜子牙为玉帝备下三百六十五个神职，凑齐了天庭的建制。

现在，天生天养的石猴闹上凌霄宝殿，不知他将带来怎样的未来。

哪吒和杨戬作为典型的祸头子，看孙悟空便像是看见了曾经的自己，再看天地四方种种眼熟的操作，他们根本提不起劲儿真打。

两人正在论旧交情的时候，佛祖终于出面，将孙悟空镇在五行山下，等着不知多少年后灾祸满了，再有人去救他。

哪吒一听这"有人"就笑了，战天斗地的孙悟空，看来也是某个应劫正主的接引先锋啊。

他对杨戬拱手，道："我要去探个究竟，你来不来？"

杨戬摇头，他早已和自己的命运和解了。

## 07.

敖丙再出星殿时，天庭早已恢复了往日的宁静。

小仙童递上来一张西方灵山的法会邀请函，说佛祖已经制伏猴子，东西两边的来往多了起来。

敖丙接了，反正无事，去听听看看也无妨。

西方灵山，法会盛大，神佛皆至。

敖丙混在面熟的旧人里，找了个最角落的位置端坐。

也实在是巧，又遇上哪吒了。他早收了风火轮和火尖枪，脱下凌霄宝殿的神衣，穿上西方的佛之法衣，眉心点朱，露出一点莲花神通之相。较之前的悍勇凶戾，他竟有几分罕见的肃穆，两种截然不同的气质都令人瞩目。

敖丙这才想起来，这孽障除了在凌霄宝殿有神职外，曾因杀父的缘故被佛家度化过，也有个三坛海会大神的正经佛职。

早知如此，他就不来了。

敖丙心生退意，想提前离开，不想又被哪吒看见了。

他笑着，丢了离佛祖很近的莲花宝座，挤到了靠着门的边缘座位，招呼道："三太子，真巧！"

敖丙能说什么？只能冷着脸道："巧。"

哪吒凑近了他，浑身莲香里夹着在法堂内沾染的佛香气，道："如此缘分，只怕有命运安排。"

敖丙被他的香气熏得发晕，犹记得当年被他扒皮抽筋时，冲天的血腥味里仿佛也带着阵阵奇异的香。

他往旁边挪了挪，照往常那样不理他。

法会开始，佛祖上宝座，天女散花，天龙在侧，无数鸟禽来聆听妙音。

佛祖讲法之后，是诸佛辩法。

敖丙喜欢看辩法，几人争论之下，各种道理自然明白了。

哪吒却觉得没意思，他打着哈欠，道："一群光头，吵半天不如打一架爽快。"

他絮叨完又开始磨蹭，多动儿一般，怎么也安静不下来。

敖丙实在不耐烦了，头一次对他疾言厉色："闭嘴！"

哪吒怔住，有点没回过神来，待清醒，敖丙却又恢复了以前什么都不太在乎的样子。

他有点暗暗的兴奋，托着一张莲花脸，看了敖丙很久。

敖丙干脆转身，以背对他。

直到辩法结束、开始讨论如何证法的时候，佛祖点了一个叫金蝉子的徒弟回答，那徒弟却说没听清楚。

佛祖认为金蝉子不听佛法是不尊重佛教，立刻贬他真灵转生东土。

转生，历劫。

哪吒听见这四字，本能地看向敖丙。

敖丙依然当他不存在，脸色冷淡如昔，双眼却如夜空逐渐点亮的星辰，挥洒着漫天星光。

既高贵又冰冷，却令人想要握住。

哪吒突然问："敖丙，这次的劫主是不是这个人？孙悟空要去接引的，会不会是他？你是不是在排他的星盘？他是不是你藏起来的蛇尾巴？"

星光散了，夜空又恢复了黑暗深邃。

敖丙冷冰冰道："三太子，上次就想说了，我们虽同朝为神，但并没有亲近到直呼其名的程度。"

## 08

哪吒被敖丙搞得很窝火，但又不能再收拾他一次，只能自己闷着生气。

李天王以为他又犯什么毛病了，天天抓紧宝塔不放，进出必然跟仙班一道，避开危险。

哪吒生气完又不服气，要再去华盖星宫找敖丙说清楚。可这次和上次不同了，不说等三天三夜了，等上三年也没人来理他。

他打开守门的仙童闯进去，星宫空荡荡的，到处都不见敖丙。

问小仙童，全说不知道，用仙法搜神，也一无所获。

哪吒怒了，守在凌霄宝殿门口抓李艮。

李艮想跑没跑得掉，抖着声音喊："三太子饶命。"

他是真怕啊，上次被杀还能封神复活；这次要再被杀，没封神台，就是真正的湮灭了。

哪吒凶神恶煞，问："你家三太子呢？怎么星宫里不见人？"

李艮想摇头，但见风火轮的火光熊熊，火尖枪上犹带血痕，战战兢兢道："三太子访友散心去了，只说归期不定，没说往哪个方向走的。"

访友？哄鬼吧？

敖丙入主华盖星宫后，日子过得非常无聊。

他日常闭门排星盘，偶尔去大朝会，基本不招待客人，也不参加仙

班聚会，甚至连王母娘娘的蟠桃宴也不怎么出席。

除了李艮，哪里来的友？访的又是哪个山头？

可李艮那魂不附体的样子，确实也问不出什么有效信息，哪吒只好放开。

哪吒思来想去，将行宫交给李艮照管，自己去凌霄宝殿请个长假，潜去下界追踪那个转生的金蝉子了。

敖丙往日虽然冷淡，但从不发火泄露真性情，唯一一次对他动怒，却是在提起金蝉子的时候。

只要盯着他，一定能将敖丙抓出来。

金蝉子转世历劫，受人间七苦八难，弘扬无边佛法。

哪吒找到转生的他时，他已是个七老八十的老善人，不知受谁感召，竟受了戒，要往西天求取真经。他孤身一人，艰难地穿山过海，终于抵达流沙河。可河中突然冒出一个恶妖，也不管他是什么善人，有什么善行，要渡河去做什么，大口一张，将他给吞了。

不是哪吒不救，只是他猛然发现那恶妖竟是天宫的卷帘大将，以往在朝会也是打过招呼的。

有来历之人做事，总有因果，若贸然插手，只怕坏了别人的事。

哪吒便继续隐匿，这一隐匿，却发现那老翁的魂魄不往地府去，而往南海紫竹林走。

走到半路，敖丙竟然出现，小心翼翼地收了那魂魄，又千万里跋涉回东土，放入一孕妇肚中。

主僧道事的华盖星君，竟夺了主生和投胎的南斗星君的职务？

哪吒为了查证，特地又跑回天宫。

同僚说了，不日前，卷帘大将在朝会上走神，失手打翻了玉帝的琉璃盏，被罚下界；他内心积郁，将琉璃盏和正神职缺放在一起比较，想不通自己怎会不如一个死物，干脆化成了吃人的恶妖，挡在去西天取经的路上。

就像当年，姜子牙要封神，哪吒就偏偏是个煞神，说是机缘，却像安排好了一样。

哪吒恨得牙痒，继续守着金蝉子第二和第三次转生。果然，次次转生都要去西天取经，但次次都在流沙河被卷帘大将生吞。

而每一次，都是敖丙收起那魂魄，小心翼翼地再送去投胎。

第四次，哪吒不忍了，直接出现在那个转世善人的面前，指着流沙河道："别过去，你已经被吃了三次。"

那善人懵懵懂懂，不知道他是谁，但见他浑身煞气里带着清明的圣气，知道他不是恶妖，就要拜。

哪吒还没受拜，敖丙便出现了。他浑身冰霜，两眼怒火，抛出华盖星君的本命神器星盘，将他抓回了华盖星宫。

敖丙怒道："三太子，你在做什么？"

哪吒一点也不怕敖丙，反而抓住他尾巴一样得意扬扬："三太子，你又在做什么？华盖星宫因为长期无人驻守，已经黯淡无光了，你这不是失职吗？"

敖丙忍着气道："我的神职不需要向你交代，你擅离行宫才是真正失职。"

哪吒不跟他装了，直接道："你在谋划什么？孙悟空的事和你有什么关系？金蝉子呢？卷帘大将呢？还有谁？这又是一场什么样的浩劫？"

敖丙闭口不言，面如万年不化的玄冰。

哪吒两手捂着他的衣领，逼近他毫无波澜的眼睛："你日日年年算的星盘，到底算的是什么事？"

这一次，他在这场大戏里，又被安排了什么角色？

灵珠子，天生地养，不受人支配。

哪吒，割肉还母，削骨还父，不受世间法度约束。

没有人可以掌控他的命运。

### 09

敖丙不准备回答哪吒的问题，也没必要。

僵持的时候，观音菩萨赶来劝架，哪吒虽骄横，但不得不尊敬这五方五老之一，恨恨地离开。

观音菩萨观察敖丙有些惨淡的神光，关切道："星君，还好？能撑得住？"

敖丙感觉还不错，道："能。我立刻下界，不能耽误了时间。"

观音掐指算了算，不安道："只怕哪吒不服，以后还要生事。"

"无事。"敖丙道，"我不会让他误了大事。"

敖丙继续护送金蝉子转生，一次又一次。

每一次，哪吒都会跟在他身后，看着他收魂魄，盯着他将之送入母腹，再守着那转世之人成长和死去。

每一次，他都会问："这么多次无用功，不烦吗？"

或者不怀好意来问："天蓬元帅被打下来做猪妖了。他一向口无遮拦，见个仙娥便要调戏几句，被嫦娥揍了很多次都没改。以前不罚，怎么突然罚得这么重了？他是不是也被你安排了？"

又或者很无聊地传播八卦，道："你家亲戚，西海的，叫敖烈的那个三太子闯祸了，被吊在南天门口，等着杀的时候，被观音菩萨救去鹰仇涧了。你怎么连自家人也不放过？"

敖丙眸光暗了暗，原来这次倒霉的又是三太子啊！

他不欲多说，继续履行自己的神职。

哪吒不是轻易死心之人，也会试探，问他："到底要多少次？七次？八次？还是九次？你就不烦吗？"

敖丙道："三太子要烦了，可返回天庭享受绵长的仙福。"

哪吒却又生气了，死瞪着他不放。

当然，煞神缠身也不是一点儿好处没有，因为他的火尖枪在，敖丙一路走得非常顺畅，没有什么恶妖劣神来觊觎金蝉子的灵魄。

可他知道，哪吒的耐心是有限的——他的眼睛越来越不耐烦，他的圣气开始退缩，他体内的煞气在蠢蠢欲动。

也许，他立刻就要动手了。

173

## 10

金蝉子第九次转生。

那天倾盆大雨，产妇难产，产婆却被堵在半道上，眼看胎儿闭塞腹中，就要一尸两命。

敖丙想停下风雨。

哪吒立刻出现，脚踩风火轮，手握火尖枪，腰缠混天绫，甚至还背上了乾坤圈——自封神之战后，他还是第一次全副武装。

他身后神光若隐若现，三头六臂的法相也呼之欲出，拦住敖丙道："答我的问题，否则不会放你过去。"

敖丙根本不管他，只管驱散天上的雨云和风。

哪吒甩出混天绫，将他缠住，道："你们做这些事，金蝉子知道吗？"

知道法会上的小错只是由头，知道轮回多次是既定的命，知道自己的命早被人写好了吗？

敖丙虽然是星君，但打架的本事不行，再加上失去了最重要的龙筋，导致龙魄不全，根本挣不脱混天绫。

他听见哪吒的问话，嘴角略勾了勾，道："你做灵珠子的时候，知道自己会成为哪吒吗？你做哪吒的时候，知道自己以后会化身莲花吗？你化身莲花的时候，知道有今日肉身成圣的三太子吗？"

"我不知道。"哪吒被问住，愤怒道，"但是你知道！佛道两门有大动作，佛门让观音菩萨执事，道门是不是你？玉帝安排你做什么了？有什么见不得人的事，你这么鬼鬼祟祟的？"

他眉心点红越来越赤，煞气引发戾气，想起小时候的东海之滨，那头神异的白龙高高在上地问他——无知小儿，知道你杀错人了吗？

杀错？

为什么是杀错而不是不该？难道还有杀对的说法吗？

多少年过去了，他无论如何也想不明白这句话。

哪吒见敖丙无动于衷，知道他心之坚定，即便再杀一次也得不到答案，便从怀里摸出一卷白玉脂般的软丝。

火尖枪的枪头散开，成一朵莲花状，但中央却跳跃着一团赤红的火焰。

敖丙一见之下白了脸，再好的脾气也想骂人了。

当年，哪吒削肉剔骨失去躯壳，他师父用莲花为他重组躯壳后，向佛祖求了一束佛火。佛火可点亮无血肉的躯壳，但对真正的血肉之躯却有强烈的排斥作用。若谁的身躯不慎触到，必然被焚烧炼化，更有可能魂飞魄散。

而那卷软丝，正是他当年被哪吒抽走的筋。

敖丙死后，魂归封神台，躯壳被龙族埋入龙渊化为水沫，唯剩一卷龙筋在哪吒手中。

若将那龙筋投入佛火之中，当如何？身躯被灼烧，本就残缺不全的龙魄只怕又要受苦了。

敖丙只是一想，背就开始痛，人就开始抽搐，他极不情愿地问："你还想再杀我一次？"

哪吒将龙筋靠近佛火，吊儿郎当地问："三太子，杀不杀你另说，只是怕你忘了当年的抽筋之痛，想帮你长长记性。"

说完，龙筋就要碰到火焰了。

敖丙咬牙，天上的雨云还没散，远处又有闷雷来，之后必然有更大的风雨。若继续下去，只怕金蝉子这次转生会功亏一篑。

不能再磨蹭了。

他化出残缺的龙形魂魄，用尽全力挣开混天绫，撞向哪吒的火尖枪。

哪吒不防备他不退反进，不知道该先收起燎着龙尾的佛火，还是先收龙筋，他惊住了。

敖丙趁机甩尾，将龙筋拍向佛火，龙体则直往高处飞。

神旨出，雨歇风停，天光大亮。

然而，龙形魂魄被一触即燃的佛火灼伤，开始痛了，龙魂有摇摇欲坠之势，不料却被几只伸出来的胳膊接住了。

他一低头，对上哪吒全开的法相。

哪吒两只手托住他，剩下的手去扯开和佛火纠缠的龙筋，嘴里同时骂道："敖丙，小爷找你就是想问个话。你不答就算了，还想死在我手上，害我第二次？"

敖丙心中积郁多年，纵然再不能动弹，也忍不住回了句："哪吒，爷不想说就是不想说，管你是谁！"

◇ 一 ◇ 一 ◇

## 11.

哪吒气爆了，但敖丙软趴趴地耷着，恍若一条小蛇。

他不能杀人家第二次，只能气狠狠地放弃给金蝉子的第九次转生捣乱，他将小蛇缠在火尖枪上，小心翼翼地带回天宫。

进南天门的时候又遇见李艮了，李艮魂飞魄散地指着小蛇，就要去抓法宝打架。

哪吒不耐烦道："你家三太子还没死。"

敖丙也有气无力，道："李艮，冷静。"

李艮赤红着眼睛，问："三太子，他是不是欺负你了？"

这话问得哪吒更气了！

虽然他是杀了敖丙一次，但那极有可能是敖丙自己谋划的！

他不怕担煞神的名声，但不能被冤枉吧？

这么多年了，全天宫都知道李三太子热脸贴龙三太子冷屁股的事，他哪吒就不面子的吗？

他不就是想要一句实话，为什么敖丙死撑着不说？

哪吒的法相未收，凌然道："都说我欺负他，那我就欺负了，你要怎么样？"

说完，他气焰嚣张地往华盖星宫方向走。

敖丙自己只剩半条命了，还有工夫担忧别人，劝解道："好好说话，气他干什么？"

哪吒见他神光溃散，全身软如棉，意有所指道："我跟人好好说话的时候不管用呗——"

敖丙不吭声了。

哪吒不管他心情如何，在小仙童惊恐的目光中踹开华盖星宫大门，大摇大摆地将敖丙放在龙床上。

星君寝殿的布置和哪吒行宫的酷烈爽快不同，里面摆着密密麻麻的星盘，殿内迷蒙、清幽，仿佛没有重量，更冷得没有一丝活气。

怪不得敖丙身上没活力，他连魂魄受伤的痛也是自己忍住，实在痛不过了才皱着眉头哼哼两声。

有小仙童在星殿门口探头探脑，问："三太子，我们星君怎么了？"

怎么了？

全身蜷缩成一团，龙形在崩溃的边缘，魂魄神力一团糟糕。

如此苍白，如此脆弱……

即便不死，也要吃苦，而且需要很长时间的修养。

哪吒心里滋味极其古怪，总归是不舒服的。

小仙童扑进殿来，哭着问："是要湮灭了吗？"

凡人死后可入轮回；仙人退可入凡，进可成圣；唯有神，因死过一次失了躯壳，靠神职稳固魂魄，若再死了，连轮回都入不了，便只能湮灭了。

哪吒没回答，敖丙却安慰道："没有的事，你别哭，先给我找药——"

一句话没说完，他便晕了过去。

小仙童见状，大着胆子挡在龙床前，结结巴巴道："三太子，我们星君不爱人碰触，请你，请你离开——"

"没门！"哪吒一屁股坐在床踏板上，忍着烦躁道："你去找药，我守着他。"

**12**

敖丙的伤好得实在太慢，华盖星宫的药也实在一般。

而且他还不是很配合，药的味道稍微不好，就不喝；疗伤的仙器稍

微令他痛了，就开始皱眉。

本性毕露。

论娇贵，哪吒在陈塘关也算官家公子，但父母和师父放任，自己也皮实爱闹，怎么也不觉得苦。

可敖丙不同，龙族从开天辟地起便是大族，又占有四海，天下的财富汇聚，龙子生来便呼奴唤婢，被高高地捧着。

他们或许要在天宫和众神仙间斡旋，但实在没受过这种生活琐碎的累。

所以，不管敖丙清醒的时候表现得多宽和大度，骨子里都是被娇养惯了的公子哥。

哪吒鄙夷着，却口不对心地忙着。

他亲自求太上老君炼制不苦的药丸，去西昆仑找王母娘娘要最好年份的灵药，下地府问孟婆要点儿忘川水麻痹他魂魄的痛苦。

哪吒上天入地，唯恐敖丙不舒坦。

李天王见他忙忙碌碌，问了好几次："我儿，你最近在做什么？怎么到处求人？"

哪吒桀骜，同人结交都是施惠别人居多，什么时候开口求过人？要过东西？

简直稀奇。

哪吒不想回答，火尖枪往肩膀上一扛，又急匆匆往华盖星宫去了——他早把金蝉子的事丢九霄云外去了。

独留李天王诧异，他在封神之战中造的杀孽，封神台上自然消了，和敖丙相安无事地过了这么多年，没必要这个时候做到这种程度吧？

哪吒却不觉得，他挺开心的。

任敖丙多么高傲冷淡，现在还不是只能靠他？

不然，李艮那懦弱的货，是能帮他报仇了？

还是能为他找好药了？

呵，待敖丙好起来，账要一分分地算——


他刚走到星殿门口，就听见李艮和小仙童说话的声音，仿佛在忧愁。

"这么下去不是办法。"

"死后封神的诸位仙班，都只有魂魄在神职上，而无身体。唯有三太子，在那人那里留了把龙筋，反成了掣肘。"

"伤体就伤魂，伤在魂魄很不好治。"

"太上老君说了，需天河尽头的玄阴之气，才能解佛火的至刚至猛。"

"天河？"敖丙有点喑哑的声音响起。

哪吒高兴了，人可醒了，就要去推门。

然而敖丙又开口了，隐忍道："天河无头无尾，哪里来的尽头？别说是采玄阴之气了，就是找个头也找不见。你们不要去冒险，我痛几千年也习惯了，没事。"

哪吒眼珠子动了动，几千年？

痛习惯了？

李艮解惑了，恨恨道："那个哪吒实在可恶，杀就杀了，还扒皮抽筋，害三太子神魄不全，永受分离之苦。"

推门的手停住了，和抽筋相关？

敖丙的声音虚弱："一时大意了，没料到他会如此。罢了，命运——"

佛火微微灼着莲花，不明不灭，但不能自在，也不能清净。

哪吒甩了甩头，既然真伤了他，便补回来呗。

天河尽头难寻？

这世上，没他办不成的事。

于是他踩着风火轮，直奔天河而去。

## 13

天河横贯天宫，无头无尾，无边无际。

哪吒沿着河水奔流的方向，一直向前，永无休止。

路过御马监，他问新上任的弼马温："天河的尽头距此多远？"

弼马温吃惊，反问道："三太子，天河还有尽头？"

也是个不知道的。

哪吒继续向前，又碰着雀林了，乌泱泱一片喜鹊立在枝头，等着七月初七。

他上前问："诸君年年搭建鹊桥，可知天河的尽头在何处？"

雀鸟叽叽喳喳，交头接耳许久，道："这天河是王母娘娘为了阻牛郎用神力划下的，怎么会有尽头？"

哪吒停步，解铃还须系铃人，直接找王母娘娘好了。

王母娘娘相当和蔼，笑着问道："为什么一定要去天河尽头？那里既远又难走，路上来回耗时多，不合算。"

"耗时多"三字出口，哪吒已经觉得不对了，但还要装作不在意的样子，问："可只有那里才有玄阴之气。"

王母又笑了，道："谁说的？天河尽头确实有玄阴之气，但有玄阴之气的不仅是天河尽头。四海龙渊之底，玄阴之气源源不绝，龙族——"

哪吒恍然大悟，敖丙耍他，他中了人家的调虎离山之计。

再顾不得脸面，他火急火燎地跑回华盖星宫，抓人去。

## 14

华盖星宫又空荡荡的，哪吒满腔怒火全扑了空。

他紧握火尖枪，脚下风火轮呼啸，胸中佛火吞吐，怒气积蓄欲发。

小仙童畏惧地看着他，结结巴巴道："星君留话，说请三太子息怒。若息不了怒，就将这星宫砸了泄愤吧，千万不要伤人。还请三太子给星君一点时间，将重要的事完成——"

火尖枪的枪尖盛开又收束，佛火照耀之下，莲花太子犹如在盛放。

砸星宫？

他确实想砸，不仅要砸，还得当着那个人的面。

可若真砸了，岂不是又听他的话，落入他套中去了？

这次他偏不。


他踹开星殿大门，在里面安静地待了很久。

小仙童忐忑不安，想求助，却不知道该找谁；想跑，又怕星宫真没了；要去找星君，却担心哪吒尾随其后。

左右为难的时候，哪吒一脸晦暗地走了出来，身上还残留着些许星光。

他问："李艮呢？是在他的大祸星宫，还是跟敖丙下界找金蝉子了？"

这个小仙童知道，遥遥指向东海，道："大祸星君下界，去东海龙宫了。"

哪吒略一思量，驾着风火轮直奔东海。

小仙童见他离开，撑不住瘫倒在地，封神之战的战将，即便成圣，那满身的煞气依然摄人魂魄。

也不知星君面对他的时候，是怎么忍住恐惧和疼痛的。


15

敖丙确实习惯了疼痛，东海虽然按时送玄阴之气来，但总有不周全的时候。

时不时地耽搁了，渊底变动减产了，或者他闭关排星图，忘记按时

使用了。

　　总要等那痛绵绵密密地来，才想起这回事，但也只能唾骂一声："狗哪吒，抽我筋，实在太过分。"


　　就如这一次，哪吒伤他神魄是意外，日常储备的玄阴之气碰巧用完，李艮去取又要耗费很长的时间。

　　可金蝉子的第十次转生在即，一点也不能耽误。

　　只因必要九次转生完毕，在第十次取得真经，才算是佛家的大圆满；哪怕只误一呼吸的时间，也有可能造成不能弥补的祸。

　　所以，就算湮灭在即，他还是不能懒躺在龙床上。


　　敖丙只能以神魄原形潜在水中，旁观楼船上惨案的发生。

　　一声惨叫，他就惊痛一次；一蓬血雾，他就眩晕一回；到处都是赤红，四面都是腥臭，煞气毫无遮挡地污染他失去保护的神魄。

　　金蝉子最后一次转生，父亲是状元郎，母亲是高门女，两人却在就任的路上被水匪谋害劫持。

　　敖丙纵然再不忍心，也不能伸出手去救，否则命格变化，星象移转，未来将更难测算。

　　他只能煎熬着、等待着，让恶事散尽，目睹那温婉端庄的高门女流着眼泪将刚诞生不久的婴儿放在木盆中，流向远方。

　　然而杀孽招邪祟，血气引恶鬼，又有妖物窥视金蝉子长生不老的血肉，这一路必定艰险。


　　木盆晃晃悠悠，如暗夜里仅存的灯火，在大河的漩涡和暗流之间徘徊。

　　敖丙艰难地游过去，轻轻拨动木盆。

　　他哪怕只动一根小指头，也是痛——失去筋脉的身体，软绵绵无力，肌肉和骨骼都用不上力。

只能压榨魂魄之力。

第一天，河过荒野，有野鱼精群来探，敖丙露出牙齿恐吓，鲤鱼精们跑掉了。

第二天，河岸诡谲，怪石嶙峋，猴妖探头探脑，敖丙露出白龙原形，横挂大江，令它没敢动手。

晚间，有鬼来，浑浑噩噩，夹杂着怨气，吓得木盆里的婴儿大哭。

恶妖和鬼怪们终于按捺不住开始动手，有搅起激流的，有投巨石入江的。

敖丙圈起木盆，护着他远行，然而那些鬼妖见他只防守不威慑，得寸进尺起来，越靠越近。

他心急如焚，只要熬过这一夜，明天早晨便能抵达金蝉子的修行之地。

可胆大的鱼精咬了他的神魄，猴妖也不甘示弱地挠他头尾，恶鬼更是群扑而来。

神魄没有血流，但每被咬下去的一口对它们都是大补之物，特别是鱼精，一感受到他神魄里充沛的水灵气，便疯了一样地缠着他。

就这样吧，用他的半残之神魄，换今夜平安。

敖丙神魄的光越来越淡，眼见就要湮灭，终于听见寺庙的晨钟。

到地方了。

恶鬼惧怕阳光和佛气，惊叫着散了，妖精们却始终追着不放。

敖丙狠狠心，想舍下最后的神魄推出木盆，却听见空中传来一声爆响，火龙卷着煞气一扫而过，将一切凶煞驱逐。

敖丙喜出望外，难道是来了援兵？

然而立在半空之中，烈火莲瓣环绕，三头六臂法相毕露的，不是哪吒又是谁？

敖丙的心凉了，调虎离山之计失败，这煞神被骗肯定生气，一定又要和金蝉子的转生过不去了。

他眼看着哪吒一步步凌空而下，拼着最后一口气，将木盆推去很远的地方，道："三太子，你可以杀了我，但请放过他——"

哪吒低眉敛目地看着他，眼中有滔天怒意。

敖丙放开伤痕累累的神魄，将颈项摆在哪吒的枪下，做出引颈就戮的姿态求饶："哪吒，你这次杀我轻些，别太痛了。"

哪吒更怒了，佛火滋滋地烧。

敖丙不敢想象会怎么死，干脆地闭上了眼。

然而等了许久，他的神魄猛然被捞起，卷在莲香四溢的炙热之躯上。

"走了！"

敖丙惊诧地睁眼，发现自己长长的神魄龙相被缠在哪吒身上，越飞越高。

朝阳已起，大地光亮。

一个沙弥挑着水桶从山上下来，听见江面漂浮的木盆中传来婴儿的哭声，立刻跳入水中。

他抱起婴儿，往山上喊："师父，有个孩子顺水流下来了，师父——"

金山耀日，佛光四照，邪祟自散。

敖丙泪水充盈双眸，事情成了。

哪吒却蒙了他的眼睛，将一大蓬玄阴之气注入他的神魄中，道："敖丙，这就是你死也不能泄露的天机啊？"

● 16 ●

哪吒没有砸华盖星宫，而是直接闯入了敖丙排盘的星殿。

深不见底的星渊淡得近乎没有星光，无数星盘环绕，不计其数的光和光交缠，指向过去和未来的命运。

星盘被千百年摩挲，早已没了棱角，上面记载的事迹，有古昆仑之争，有封神之战，有东海敖丙之死，有哪吒削骨肉之事。

记载哪吒的那块尤其破旧，哪吒二字仿佛被反复触摸过，刻痕淡不可见；放置那块星板的架子上，有无数长长短短的划痕，仿佛蕴含了千万种复杂的滋味。

随着那些刻痕的指向，是一行字——痛一次刻一道，骂一声悔一回，念一次。

千万年的历史，浩若烟尘，无数光芒指向一个未来——佛道将要相映生辉，平分秋色。


哪吒眼睛盯着敖丙刻下的字，笔触幼圆，颇为可爱，不如他的性子般棱角分明。

甚至，那行字后面还有朵被打了叉的莲花。

该是敖丙排星盘累了，又痛了，便戳着他的名字骂来泄愤。

哪吒只是这么一想，就觉得可爱，笑了起来。

然而笑之后，再面对记载了孙悟空、金蝉子、卷帘大将和天蓬元帅的命运的星板，却笑不出来了。

星光留影，敖丙白着脸俯在星盘上，孤单又倔强地计算着。他脚下是无底的星渊，头顶是无垠的星空，眼中众生皆在，手握亿万命数。

而他却离群索居，孑然一身。

如此孤苦，就为了安排好一切？

玉帝和如来隐在幕后，观音站在台前，敖丙却身在暗处，用手拨动无数命运之线。


哪吒冷静地关闭星殿，直闯东海龙宫，将前去龙渊的李艮抓住了。

"说，把你知道的全说出来。"他用火尖枪威慑他。

李艮虽然惧怕，但还是强撑着说了，道："哪吒，三太子没有任何对不起你的地方。你杀他，会遭天谴的！"

哪吒瞪眼，道："少废话！小爷当年做太公先锋接引，就算要犯杀孽，第一条命也该是榜上有名的人物，怎么可能——"

是个无名小卒一般的巡海夜叉？

李艮恨道："我三太子天纵奇才，少年成神，除了掌云雨，还为玉帝掌星盘！封神之战，所有星盘命运全在他一人手上。有人担忧封神大计受阻，仙尊道尊们死守成圣的路不愿应劫成神。

"三太子说，既然他掌命盘，那他就先去做个头名，让后来人看看此事不是作伪。他拨动星盘，给自己定了命，该是第一个被灵珠子杀死的正神！"

哪吒恍然，原来如此！果然如此！

"我乃三太子座下夜叉，怎么能让他去送死？当然是我，我去！"李艮挣扎道，"我死就算了，可你为什么还要再杀他？杀了他不说，竟将他扒皮抽筋，令他几千年夜不能寐？"

哪吒收了火尖枪，道："前面带路，去龙渊。"

李艮不动。

哪吒道："为他取玄阴之气。"

## 17

哪吒背负敖丙，风驰电掣，直奔南天门。

他问他："敖丙，你这次排了所有人的星盘，为什么没排自己的？起码把你我的纠葛排开，少让自己吃些苦头。"

敖丙已经不太能说话了。

哪吒又问他，道："怎么能接受被安排好的命运？藏在暗处看别人挣扎，是不是跟看戏一样？你是不是很开心？"

## 18

敖丙一点也不开心。

他诞生的时候，蛋壳上布满了星纹，太白金星上门，说玉帝口谕，要将他带去天宫孵化。

百年出壳，睁眼，迎风长大。

玉帝将星盘交到他手上，说他善天衍算术，能执掌星盘，以后僧道事都交给他了。

所谓僧道事，便是巫、道、方士、佛和日后各门派的兴亡更替。

古巫已消散了，道正在兴起，方士刚有苗头。

在这关键时候，天庭式微，各方道统分散，各自为政，还常常纷争，令下界苦不堪言。

天道有昭示，需将散落各方的道统规一，令上下界更加分明。玉帝苦思冥想，只有行封神之事才行。

然而道家追求得道成仙成圣，于日月同辉光。做神看起来很好，但修为上再无寸进，且完全失去成仙和成圣的机会，时间到了便会湮灭，无人愿意。

可不管愿意不愿意，已经刻不容缓了，否则将要失去天道。

玉帝请敖丙计算星盘，在迎合天道的基础上，用最小的代价将事情办好。

敖丙诚惶诚恐，却不得不为之。

甚至，为了做出表率，将自己放在第一个应劫而死的位置上，就是为了让所有人看到玉帝的决心。

可千算万算，因为无意间泄露了部分，让李艮探知了。李艮不愿他死，将他骗开，以身相替，去了结这个因果。

敖丙意识到不妥，千赶万赶地回去也来不及，不仅李艮死了，连他也死了，还被扒皮抽筋；更甚，不该死的石矶娘娘和她门下的无辜弟子，也死了。

哪吒的命盘出了错漏，原本的杀孽翻倍，承担无边的煞气，差点坏了大事。

敖丙气愤后悔却不可挽回，只能消耗神魂弥补错误，终于止住了偏差的未来。

事后，他将哪吒的名字刻在星板上，日日抚摸呼喊，告诫自己千万不能忘不可忘，不能轻忽，更不能犯任何错。

否则，稍有差池便众神俱灭。

敖丙感受着被玄阴之气滋养的神魂，轻声道："命运不可安排，更不能惧怕。应该直面它，顺应它，再掌握它。"

譬如现在，道家式微，佛门兴起。

玉帝要做的不再是像上一次那样挑起天下纷争两败俱伤，而是互相成就，彼此成全，交相辉映。

敖丙也吸取教训，离群索居，尽量避免和别人命运交缠，以旁观者的姿态安排一切。

事未成，一字不漏；事未成，付出一切也要坚守。

所谓天机不可泄露，命运无声，于寂静处才能听到惊雷。

他没有改变任何人的未来，只是在密密麻麻的命途中，走出一条迂回的小道来。

## 19

哪吒还是对他道："这种被人握在手里的感觉，真不爽快！"

敖丙盘在火尖枪上，点头，道："所以这次你什么也没有。"

他只是在最开始出了个场，打了个酱油。

玄阴之气越来越盛，敖丙的精神越来越好。

他又道："我没有干涉任何人具体的选择，他们还是要靠自己去挣扎——"

金蝉子，足足轮回了十次。

哪吒勾了勾唇，脚下风火轮流转，加速冲进南天门后直入华盖星宫。

仿佛背负着他今后的命运。

189

*End*

# 师兄，您好

**SHI XIONG**

**NING HAO**

♠文 / 桃花朋

咸鱼小写手一枚，喜欢喜剧，不喜欢悲剧，
致力于制造各种小甜饼。

他们两人唇枪舌剑，针锋相对，

彼此都心照不宣地把对方当成自己唯一的对手。

# 师兄您好

♠ 文 / 桃花朋

咸鱼小写手一枚，喜欢喜剧，不喜欢悲剧，
致力于制造各种小甜饼。

## 01

今天一大早来上班的时候，R 就感觉办公室里的气氛明显不同。

前台的小朱喷了香水，会计刘姐换了新发型，就连平时见了他就会满面春风的秘书小张也不像平时那样朝他笑了，她们的目光都不约而同地汇到了一处——他的办公室。

这是什么情况？

这种疑惑在他看见自己的合伙人时达到了顶峰，只见平时邋里邋遢、不修边幅的合伙人今天不仅洗了头，还换上了一身新西装。

"早上好，R。"合伙人开心地跟他打招呼。

"这是有哪个富婆看上你了？"

"不是富婆，待会儿你就知道了。"合伙人笑得意味深长，"人在你办公室呢。"

"呵，"R笑了一下，"那还算这个人有点儿眼光。"

R抬脚走向自己的办公室，推开门，桌子后面坐着一个人，不过不是富婆，是个男的。

男人虽然背对着他，但是腰杆挺得笔直，一身考究的暗蓝色西装更是将他的背部线条勾勒得十分流畅。

这背影让R感到莫名熟悉，还没待他细想清楚这人是谁，背对着他的男人就转过头来，朝他露出一个笑容："好久不见，R。"

R表情一僵："N？"


N从大学开始就是R的死对头。

R从小到大都是学霸，大学时他学的是民法，在入学后的第一次辩论赛上就打败了当时一个已经签了高级律所的大四学长。从那之后，他一个大一新生就到处跟着大四的学长学姐打比赛、做案例了。

因为口才犀利、思维灵活，再加上头脑冷静，无论校内校外，但凡是他参加的比赛，冠军基本上没跑了。又因为他长了一张天生精英范儿的脸，导致R无论走到哪里都是人群中的焦点，直到N出现。

N是小他两届的学弟，R第一次在辩论赛上遇见他时并没有把他放在眼里，结果大意失荆州，R竟然在那场辩论赛上输给了N。虽然被打败的滋味并不好受，但是R却从跟N的那场比赛中得到了一种高手对决的快感。

从那之后，R经常会在各种辩论赛和模拟法庭上遇见N，他们两人唇枪舌剑，针锋相对，彼此都心照不宣地把对方当成自己唯一的对手，暗地里较着劲。

后来大学毕业，R和合伙人一起开了律师事务所，N也跟人开了自己的律所，平时打官司的时候他们俩也没少碰到。

上周 N 还从他手里抢走了一个案源，今天这么光明正大地过来是要干什么？耀武扬威？

想到这里，R 露出了自己的官方假笑："我就说刚才在楼下看见的那辆土气的金色宾利是谁的呢，原来是你的啊，这么一大早过来，有何贵干？"

忘了说，如果"犀利毒舌"是 R 的特点，那么"money"就是 N 的代名词，他有一句名言叫作"不要最好的，但要最贵的"——自从 N 自己开了律所之后，他就没有接过标亿以下的案子了。

N 笑了笑："上周新提的，好看吧？"

"呵，"R 哂笑了一声没做回答，"你来我这儿到底什么事？"

"都兰娜的案子我接了，换句话说，我现在是你手上这个案子被告的代理律师。"N 笑了笑，"开心吧？这说明在未来的一段时间里你又可以经常见到我了。"

N 所说的都兰娜案是一起遗产纠纷案，案情虽然比较简单，但是其中牵涉到的关系却很复杂。

被告都兰娜的丈夫张先生在小的时候被一位姓张的单身女士收养，成了张女士的养子。多年后张先生不幸染病去世，留下都兰娜和女儿张媛媛。

又过了几年，都兰娜的婆婆也就是张女士也因为意外事故身亡，问题就在这个时候出现了——因为张女士生前是开公司的，留下了很多遗产，又因为是意外事故去世，并没有来得及立下遗嘱，所以张女士目前的所有财产都被她唯一在世的亲弟弟张永继承了。

都兰娜觉得遗产应该有她的一份，于是向张永索要，但是张永觉得都兰娜没有资格分得财产，所以并没有同意。双方商量无果，最后张永只能将都兰娜告上了法庭。

而 R，现在就是张永的代理律师。

R 心想他开心个鬼，N 肯定就是故意的，他之前什么时候接过这种案子？

"你接的不都是标亿的案子吗？据我所知都兰娜现在没有能力支付你的律师费吧？怎么？开始做慈善了？"

"这你就不懂了吧，她现在是没有能力，不过如果我帮她打赢了官司，拿到了遗产，她就有钱支付我的律师费了。"

"你就这么有自信能赢？"

"自不自信是一方面，更主要的是我想见到师兄啊，这么久没有跟师兄一起打比赛了，我想得慌。"N冲他眨了眨眼睛，"毕竟除了钱以外，我最大的乐趣就是和师兄你比赛啊！"

R：……

我可真谢谢你把我和钱放在一个等级上了。

R揉了揉额头，不想再跟他闲扯下去，他昨天晚上做卷宗分析做到两点多，有跟N说话的工夫不如补个觉呢。

"别说这些没用的，你今天来找我，不会就是为了告诉我，你现在是我的对手律师这么简单吧！"

"来和师兄叙旧当然是最主要的事，除此以外，的确还有一件小事——"

"什么事？"

"我的当事人都女士想要见你一面。"

"见我？"R有点意外,后天就要开庭了,这个时候都兰娜见他干什么？

"嗯哼，都女士她并不想把这件事闹到法庭上，这是最坏的结果，所以她想要利用最后的时间再和你的当事人张永先生解释一下。但是张永先生早就已经拉黑她了，她联系不到，所以只能通过师兄你把一些事情告诉张永先生。"

张永态度其实很坚决，不想分给都兰娜财产，更何况离开庭没有多长时间了，无论她现在说什么，只怕也没有什么回旋的余地了。但R身为律师不能放弃任何一种可能性："时间地点。"

N笑了笑："一会儿我发你手机上。"

"嗯。"

要说的事情已经说完了，但是N还坐在位置上，没有一点要走的意思。

R看了他一眼："我都答应了，你怎么还不走？"

N笑眯眯的："眼看着就要中午了，我再坐一会儿，师兄请我吃饭吧？"

"下楼左转，员工食堂欢迎你。"

"不是吧，我好歹是个高级合伙人，时薪就有四位数，我放着那么多钱不要特意过来跟你吃饭，你就让我吃员工餐？"

"那你想吃什么？"

"我来的时候已经看好了，你们律所附近有一家日料特别有名，听说不光是味道好，价格也足够高，我觉得特别适合我，师兄请我吃那个吧？"

"你不如直接睡个午觉。"

"什么意思？"

"梦里啥都有。"

N：……

## 02

跟都兰娜的见面约在了一间茶餐厅里，R路上堵了两分钟，他来的时候N和都兰娜已经坐好了。

"抱歉，路上有点堵。"

都兰娜冲他温柔地笑了笑，表示谅解："没关系，我们也刚到不久。"

R点了点头："听说您有事情要跟张永先生说，他现在人在国外，暂时回不来，作为他的代理律师，我已经全权代理了这起案子，您可以把您想说的话告诉我，我会代为转达。"

"我想庭外和解。"

"我想到了这个时候，您不会直接放弃争夺遗产吧，您的条件呢？"

"遗产，我的那份不要了，只把我女儿的那份遗产给她就行。"

"但是按照我当事人的意愿，他不想让您包括您的女儿分到一分钱。"

张永也是做生意的，他并不缺钱，之所以不同意把遗产分给都兰娜是觉得姐姐的钱不能随便分给一个外人，尤其是像都兰娜这样拜金的女人。

都兰娜结婚之前是一个小有名气的女明星，虽然出道时间不长，但是演了不少电视剧的女二号，所以当初她义无反顾地嫁给他姐姐的养子的时候，张永就觉得她是冲着张家的财产去的，否则她一个明星为什么放着好好的事业不要，硬要嫁给一个比她大十多岁还相貌平平的男人？

更何况就连都兰娜的丈夫都只是他姐姐的养子，和他根本没有血缘关系，都兰娜和她女儿又凭什么能够分得遗产呢？

"可是，我女儿……"都兰娜的神情有点急切，语气也激动起来。

N自然而然地接过了话："所以我希望师兄能够帮忙说服你的当事人。"

"你在开玩笑？"

N此刻已经收起了先前吊儿郎当的模样，正色道："师兄你别急，先听我把话说完，我知道张永先生并非看重张女士留下的财产。据我所知，他每年给慈善机构捐的钱都不是一笔小数目，之所以不同意把遗产分给都女士，是因为对她有一些误会。而都女士要争夺财产，不是为了自己能有更好的生活，而是因为她的女儿媛媛得了癌症。"

提到女儿，都兰娜的眼眶忍不住红了起来。

N把一张诊断书放到R的面前："师兄，如果你不相信的话，这是诊断书。"

R拿起诊断书，上面的信息果然如N刚才所说的一样。

"癌症就是个烧钱的病，光是化疗就把张先生之前留给她们妻女的钱花完了，为了继续给女儿治病，都女士才必须得到遗产。"

"恕我直言，就算张媛媛真的得了癌症，但都女士现在是其监护人，

遗产还是要落到都女士的手里，万一她私吞了这笔钱怎么办？"

"这正是我们这次见面所要解决的问题的关键，刚刚都女士已经向我说明，如果张永先生同意帮助媛媛治病，她就同意不再争夺遗产。就连治病的钱也不用经过都女士，直接交给医院就行，只要能够保证媛媛继续治病到康复。"N继续道，"我知道张永先生也并非一个贪财心狠的人，只是因为误会了都女士的品性，所以才会拒绝遗产分割，但是现在事情已经有了变化，我和都女士去说，他可能不会相信，但你是他的代理律师，我相信你跟他讲明事情的前因后果，他会同意的。所以师兄，你能不能帮帮她，也算是帮帮我？"

R盯着N看了半晌，叹了口气道："我会试着跟我的当事人说明这些情况，但他是否同意我不敢保证。"

N笑起来："谢谢师兄了。"

"得，我可担不起你一声谢。"

都兰娜还要回医院照顾女儿，于是提前走了，最后只剩下了他们俩。

N笑盈盈地看向R："依师兄看，张永先生同意庭外和解的概率是多少？"

"你现在要担心的难道不是你的律师费吗？要是真的和解了，你的律师费怎么办？都兰娜有钱给你？"

"哪个律所每年没有几个低保得完成，就算法律援助了呗。"他搅了搅面前的咖啡，"不然师兄可怜可怜我，把手上的案子分几个给我，让我增加创收？"

"你想得可真美。"R站起身，"没什么事的话，我先走了。"

这两天R基本上都是连轴转的，好不容易把之前手上的案子做完了，他想赶紧回去补个觉。

"等等！"N叫住他，把一个袋子交给他，"师兄，这个给你。"

"什么东西？"

R接过来一看，里面是各种"中老年"用的营养品。

R 的脸顿时就愣了："你给我这个干什么？"

"当然是要给师兄好好补一补了，这是我的一片心意，师兄千万不要拒绝啊。"

R：……


R 将都兰娜的情况跟张永说了以后，他的态度有些松动。第二天，张永从国外飞回来亲自跟都兰娜谈了一次，双方解开了心结，张永答应提供张媛媛的治疗费用，这对双方而言都算是个好结局。

张永是开度假酒店的，为了感谢 R 和 N，他邀请他们到度假区去玩。

"果然好人有好报。" N 在电话里道，"我正好把我的年假提前休了，师兄咱们什么时候出发？"

"谁说我要去的？我忙得连睡觉的时间都没有了，哪有时间去度假。"

"师兄，工作是忙不完的，身体才是革命的本钱，你就去吧……"

可任 N 苦口婆心说得天花乱坠，R 都只是用简单明了的两个字回答他："不去。"

"好，这可是你逼我的！" N 狠狠地道。R 以为他要放什么大招，就听见他说："你陪我去，我分你一个标亿的案子。"

"去去去，我替他答应了。"

R 那边的电话里挤进来另外一个声音，是 R 的合伙人。

"谁说我要……"

"这种好事你还犹豫什么呢？就当是为律所创收了，大家都会记得你的贡献的，加油！"


然后R就被合伙人连夜打包送上了N的贼船，不对，是他的超级跑车。

"玩得开心哦！"

R：……

## 03

事已至此，R 连反抗的机会都没有了，只得跟着 N 一起到度假区放松一下。

这个时节，海边的景色最好，海风也宜人。R 戴着墨镜惬意地坐在海边的遮阳躺椅上，无比放松。

N 在他面前的水域游泳，身形若隐若现，身体线条流畅漂亮，不得不说，N 的身材的确很好，这一会儿的工夫已经不知道有多少个女人来找他搭讪了。

N 无疑长了一张帅气的脸，而且他是那种邻家弟弟型的乖巧长相，很容易让人产生好感，以至于当年 R 刚刚认识 N 的时候也跟大多数人一样，以为 N 就是个乖巧无害的学弟。

直到后来两人慢慢相处之后，R 才发现他身上那股斯文败类的独特气质，但那时 R 已经不知道在他身上栽了多少个跟头了。

R 突然惊奇地发现，N 竟然凭借一己之力占据了他大学回忆的绝大部分。

"有人溺水了，快救人！"

不知谁喊了一声，R 定睛一看，就在刚刚 N 游泳的那片区域不远处有人在不断挣扎。R 环顾四周，没有看见 N 的身影。

糟了！

R 没有犹豫，扎进水里，快速向那人游过去，把人捞过带着重新游回了岸边。刚游到岸边露出水面，R 就看到了一手抱着一个椰子的 N。

"师兄，你干吗呢？"

R：……

N 好好的，那他救的是……

事情过于尴尬，以至于 R 不愿意回忆后来被救的青年想要感谢他，N 又是如何睁着眼睛说瞎话，说这都是他应该做的，叫对方不用感激他。

"师兄，虽然你救的人不是我，但你为了救我这么毅然决然地跳下水，我还是很感动的。"

求求你不要再说话了好不好？

第二天R就不出去了，打定主意说就算要玩也是在室内的游泳馆，这样就算万一有人溺水了，有救生员在旁边，也用不上他。

N嘲笑他是"一朝被蛇咬，十年怕井绳"。

就这样玩了两天，在第三天的下午，N突然接到了一通电话。

电话是N家里打来的，说N的爷爷在几分钟前因为突发脑出血不治去世了。

R有点儿担忧地看了他一眼："你没事吧？"

N摇了摇头："我没事，不过，师兄，我要先回去了。"

"我陪你一起。"

**04**

R出席了N爷爷的葬礼。

这天下了小雨，N一身黑衣站在雨中，背影孤独又坚强。R拍了拍他的肩膀，又为逝者献上了一束菊花。

葬礼过了不久，某天，R突然接到了N的电话。

电话里N的声音有些疲惫："师兄，我需要你……"

N的爷爷生前是一所大型电子公司的董事长，去世之后留下了大笔遗产。他爷爷有两个儿子，一个是N的父亲，一个是N的叔叔。

N的父亲大学毕业之后就到家里的公司学习了，从最底层一点一点做起，可以说他们家的公司能够发展成现在这样,N的父亲绝对功不可没。

他的叔叔就不同了，他年轻的时候好玩，沉不下心，不愿意到公司受累，后来玩够了，想要家产了，直接空降到公司当了经理。但他根本就没有管理公司的能力，公司的业务也不懂，下属说什么就是什么，经常让公司亏钱。

N 的爷爷生前曾当着两个儿子的面说过，百年之后，现在的公司留给大儿子，子公司留给小儿子，这样他也能放心。但是葬礼过后第二天，N 的叔叔突然拿出一份遗嘱，遗嘱的内容与原来口头说的恰恰相反——将母公司给了小儿子，子公司给大儿子。

N 一家自然不相信，因为 N 的爷爷住在医院的时候精神状态已经不太好了，再加上叔叔一改往常不闻不问的态度，变得开始频繁往医院跑，这些疑点加起来，他们不能不怀疑。

但叔叔坚称这就是父亲在临终前立下的遗嘱，并要求按照遗嘱内容进行遗产分割。N 一家不同意，N 叔叔就把他们告上了法庭。

"所以你找我是想……"

"我想请师兄做我的代理律师。"

"不是不可以，但是你们律所那么多律师，还有你的合伙人，找他们不是更方便吗？"

"可是他们都不是师兄，我想让师兄陪着我一起，我更信任你。"

"……我接。"

## 05

N 叔叔请的律师叫申宇，也是一家律所的合伙人，业务能力一般，但因为经常被邀请作为一些法制栏目的客座嘉宾，在外行人眼里就变成律政先锋、行业精英了。

　　其实申宇的名气远远大于业务能力，放在 R 和 N 这种顶尖水平的律师面前，根本不够看。用 N 的话说就是"懂一点行情的，不会找他打官司"。

　　现在唯一难办的就是那份遗嘱。

　　离开庭的时间越来越短，这天 N 和 R 谈论完案情后一起到律所楼下的餐厅吃饭，没想到意外地在餐厅门口遇见了申宇。

　　申宇："这不是两位大律师吗？真是好久不见。说实话，当初听到 R 你是 N 的律师时我很意外，毕竟上学的时候就听说过你们俩的关系……看来传言虚假，你们的关系很好呀。"

　　R 淡淡地瞥了他一眼："跟你有什么关系吗？"

　　N 自然地接过他的话："师兄这你就不懂了，申律是上过电视的人，说话都是这么阴阳怪气的，像我们这种纯靠手艺吃饭的人是不会理解的。"

　　R 点了点头，对着申宇道："原来如此，道不同不相为谋，你挡着我们进去吃饭了，让让。"

　　申宇皮笑肉不笑的："你们是不是对我有什么误会？正好我也要去吃饭，不如一起拼个桌？说不定将来我们还有合作的机会。"

　　R 冷哼一声，不屑之情溢于言表："不会有合作机会的，我们的律所可不想被人架空了。"

　　申宇早先只是一个小律师，被律所的合伙人看重之后，才升为合伙人的。结果之后他联合其他律师一起架空了当初提拔他的那个合伙人，把那个"伯乐"踢出了律所，可以说是一个过河拆桥的好手。

　　N 接着道："我倒是不怕，只是我们律所不是什么样的律师都收的，听说申律当初上学的时候在辩论队连首发都不是吧？"

　　两个人一人一句全都说在了申宇的痛处，气得他说不出话来："你们——"

　　"啧啧，这个口才可不行。"说罢，N 就拉着 R 大摇大摆地走了。

　　申宇盯着他们的背影，眼神怨毒："希望你们在法庭上输了之后也

能这么狂，哼！"

## 06

时间转瞬即逝，眨眼就到了开庭日。

N 和 R 在法庭的门口遇上了 N 的二叔和申宇。

叔叔有遗嘱在手，一副胜券在握的模样："侄儿，这是你爷爷的意思，我们早早按照遗嘱把遗产分了不好吗？现在闹到法庭上来，伤了亲戚和气多不好。要是最后输了官司，可别当场哭出来啊，哈哈哈！"

N 没有生气，只淡淡地开口："您放心，我输得起，结局未定，就让我们拭目以待吧。"

庭审开始，起初的确像二叔和申宇预想的那样，因为他们有遗嘱，所以优势在他们一方，直到——

"我的当事人也有一份遗嘱。"

遗嘱被呈给审判长看，的确是 N 的爷爷生前立下的。

"什么？这不可能，我父亲只立了我这一份遗嘱，他的那份一定是假的！"

眼看着官司就要赢了，却在这个时候横生枝节。申宇毕竟从业多年，还能控制住自己的表情。

N 的叔叔就不同了，他一贯沉不住气，这会儿直接大声嚷了出来，想要冲过去看一看那张遗嘱。

"原告肃静，经过鉴定，被告手中的遗嘱是真的。"

N 的叔叔只能不情不愿地坐下来。

申宇低声跟 N 叔叔道："怎么回事？为什么他们还会有一份遗嘱？这种事情你怎么没提前跟我说啊？"

"我也不知道啊！"他愤愤道，"这个老东西，平时偏心就算了，竟然背着我偷偷立好了遗嘱，气死我了！"

N的爷爷从公司退下来后，身体就一直不好，虽然已经口头跟两个儿子说过遗嘱的事情，但是他深知小儿子的品性，生怕自己有一天突然离世，会出什么乱子，所以早就立好了遗嘱，交给了自己的一位故交，说如果出了什么变故，就把这份遗嘱交给大儿子。

申宇稳了稳心神："别心急，现在遗嘱有两份，结果还不一定，不要自乱阵脚。"

他嘴上这样说，心里的慌乱其实一点都不比N的叔叔少。N和R的业务能力在律师界已经属于顶尖水平了，并且尤其擅长民事案件，再加上他们这次有备而来，这场官司不好打。

申宇刚想就两份遗嘱的情况进行反驳，就听见R道："除此以外，我还要说明一点，我怀疑对方的遗嘱是无效的。"

"什么？"N的叔叔直接惊得站了起来。

"《继承法》第22条规定'无行为能力人或限制行为能力人所立遗嘱无效'，根据原告手中的遗嘱日期和医院的住院记录，可以看出，立遗嘱人当时的身体和精神状态已经非常不好了，所以我提出对原告方遗嘱的有效性重新进行评估。"

"你放屁！你……"

"原告肃静！"

"同时，原告方之前游手好闲，对父亲并不关心，但是在老人最后住院的那段时间却经常到医院来看望，虽然表面是父慈子孝，病房里却经常传出来争吵声，这点医院的护士和医生都可以作证。综上所述，我有充分的理由怀疑原告的遗嘱可能是在诱导或者胁迫立遗嘱人的情况下生成的。"

N的叔叔气得不行，对着身旁申宇道："你倒是反驳呀！在电视上不是一套一套的吗？我花了那么多钱找你，就是让你在这里给我装哑巴

的？！你快给我说话呀……"

## 07

没有什么悬念，一审原告败诉。

N 和 R 向外走，N 的叔叔则气急败坏地从后面追出来："N 你给我站住，你是故意的！你之前没拿出那份遗嘱，就是为了打我一个措手不及吧！我告诉你，我不会就这么认输的，我要上诉！"

N 笑了笑，笑容却不达眼底："是否上诉那是您的自由，但我并不认为结果会有什么改变，毕竟从您找的律师来看，"他瞥了申宇一眼，"您的眼光实在是不怎么样。"

他接着道："对了，叔叔，别忘记在庭审之前您跟我说过的话，就算输了官司，也不要输了气度，您这么大的人了，应该不会哭鼻子吧？。"

说完也不管二叔和申宇两人是何脸色，两个人就朝远方走去。

"师兄，我请你吃饭吧？"

"嗯，最贵的。"

"嗯？你什么时候品位提升得这么快，都知道吃最贵的了？果然在我日常的熏陶之下，你对金钱的认识又有了一个质的飞跃，哈哈哈！"

R 挑了挑眉："在你潜移默化的影响下，我对金钱的认识可不仅于此。你不是说要感谢我吗？一会儿别回去了，留下来给我当免费的劳工，帮我翻译一下昨天刚接的跨国财产纠纷案的资料。"

"师兄，别忘了我们两家律所还有竞争关系，你给我看合适吗？"

R 理所当然地道："所以我会在旁边监督你啊。"

N 顿时哭丧着一张脸："师兄，你饶了我吧。你不是有助理律师吗？你还是让他们来吧。"

N最讨厌的就是翻译外文的材料，因为这不仅工作量巨大，而且极费精神力，上学和做实习生时候的经历已经成为他心中挥之不去的阴影。

"总而言之就是你不想来对吧？"R幽幽地叹了一口气，"算了，看来你对我说的那些话也就是说说而已……"

说着，R转过身往前走，只留给N一个看起来很是委屈的背影。

N：……

半晌，R听见了身后追上来的脚步声，他的嘴角不自觉地翘起来。

果然下一秒R就听见N的声音："我干，干还不行吗？师兄，就这点小活，我可以帮你干到下辈子！我们一会儿去吃……"

不这样还能怎么办呢？谁让他摊上了这么一个师兄呢！

207

# 飞升之后

◎ 文/清酒一刀

北方糙妹子，社会主义接班人，
心理系学渣。
新浪微博@清酒一刀

何谓无情？以有情祭无情才是上道。

精心设计的布局里，怎么容得下后悔。

*fēi shēng* *zhī hòu*

# 飞升之后

◎ 文 / 清酒一刀

北方糙妹子，社会主义接班人，心理系学渣，
新浪微博@清酒一刀

　　S 飞升了。

　　当日雷雨大作，苍穹变幻。

　　自上一次有人飞升，到现在已经过去了整整八百年。九台山上人头攒动，他们的眼神或是嫉妒，或是仰慕，或是不可置信。

　　毕竟 S 这个名字着实是默默无闻。

　　三百年前门派入选考试，共挑选了五百人，他排在第四百九十九名；两百年前内门考试，挑选五十人，他排在第四十九名；每十年一次的门派大比更不必说，倒数第二的位置非他莫属。

　　当然，以上都是人们在 S 飞升之后才扒出来的。

　　人人都在惊叹——这是何等天才才能输得如此恰到好处，输得如此

深藏不露。

　　长老们扼腕叹息，怎么把这样一个人物从眼皮子底下放走了。

　　不过现在再收徒也许还来得及。

　　因为他们在查 S 的时候意外发现，从入选考试到门派大比，倒数第一竟然也是从未变过的一人。

　　那人叫 L。

　　再一看，好巧不巧，是 S 的道友。

fēi shēng **02** zhī hòu

　　从凡世飞升至仙门需七天七夜，入凡尘过往，观七情六欲，方可得大道长生。

　　S 回望了一眼九台山，玄妙的境界让他将万物尽收眼底。

　　有人在找 L，站在门外犹豫不决。

　　长老道："L 莫不是在闭关？或许随后也会跟着 S 飞升去了。道友嘛，不都是气运相连……"

　　S 心想，大错特错，L 九成九还在屋里睡觉。

　　L 睡相好，又不打呼，悠长的气息能以假乱真。

　　谁能想到有人修仙三百年，有一半的时间是在贪眠呢？

　　平日里这时候他该和 L 一起悠闲地打着瞌睡，L 喜欢团成一团睡着，像猫一样惫懒又闲适。

　　再过半个时辰 L 就该醒了，他们还说好今日去后山饮酒钓鱼的。

　　S 完全想象得出 L 听到自己飞升时的表情。

　　——说好咸鱼手拉手，谁去修仙谁是狗。

　　S 承认了，他今日就是要做狗，而且还是蓄谋已久的那种。

S 没有等到 L 醒来，神识已经被卷入七道门。

九台山下。

S 睁眼，天梯九千九百九十阶，十几岁的孩子们背着包袱手脚并用地向上爬，不断有人从阶梯上掉落——这关考验的是心性。

底下还有无数人翘首以盼，希望能从已经上去的人那里看出什么通关的玄机。

S 在那些人里一眼看到了自己。

"S"坐在树梢上，眼神冷漠，像是事不关己。只有 S 知道，他的视线一直追随着人群里一双清透灵澈的眼睛。

他记得这一天，他遇见了 L。

L 那年被家里养得白嫩又精致，眼睛里透着不谙世事的天真。L 领着一群侍从大摇大摆地走到"S"坐着的树下，仰头向上看，日光透过树叶的缝隙将斑驳印在这张天真的脸上。

L 傻乎乎地冲"S"喊："大哥，挣钱吗？"

"S"：……

十六岁的 S 不明白 L 打的什么主意，三百岁的 S 却是知道得一清二楚。

L 从包袱里掏出大把让人眼红的灵药和银票在空中晃了晃："背我上去走一段路，这些都是你的了。"

"S"沉默半晌道："为何？"

L 苦着一张脸："家里逼我来修仙，我资质又不怎么样，肯定是上不去的。我看你也没有修仙的意思，不如来挣个钱？"

"S"真的跳下去了，接过银票把 L 背在背上，踏上阶梯。

L 话多又闲不住："欸，你来都来了，为什么不想入门啊？"

"S"道："家里经商，但我没有经商的天赋，我爹嫌我只会赔钱，赶我来修仙，我也知道自己资质不好，来做个样子罢了。"

"S"这句话讲得又长又僵。

——骗子。

S 在后面看着自己冷笑，笑自己那时连说谎都不流畅。

他父母双亡，自幼流离，就连这一身干净衣服都是为了入门大选抢来的，可他知道 L 是一定信了的。

L 笑得嘴角都咧了起来："怪不得我一见你就觉得亲切。"

他们的运气看起来相当不错，许多本要攀上最后几阶的孩子都承受不住压力跌落了下去。

"S"虽然背着一个人走得摇摇晃晃的，但一直没有停下脚步。

S 看得明明白白，也记得自己当初是如何偷偷着用石子击打在别人的腿上，直到自己变成第四百九十九名的。

最终他们一起站在了山门外，两个人都有些恍惚。

"S"没想到这些人竟然真的允许考生被别人背上来。

L 则是震惊地看着他："你不是说……"

S 听见自己这样说："我心里一直想着，只要能把你背上去，我就能带很多钱回家，跟我爹证明我还是能赚钱的……"

——骗子。

可 L 被骗得开心："这么说，你是因为我才考上的呀？"

"S"微微笑了一下，与 L 一起在入门表上填下了自己的名字。


L 看起来对修仙真的没有什么兴趣，能通过入选考试就已经万事大吉了。众人都在兴奋地挑选适合自己的功法，这人却兴致缺缺："S，你看有没有那种睡着觉就能修炼的功法啊？"

"S"皱眉苦思冥想，最后竟真的挑出来一本符合 L 要求的修炼典籍。

L 的眼睛都亮了："原来这样也行啊？我们一起好不好？"

L 单纯得像一张白纸，或是懒得纯粹，自认为庆幸于在修仙路上找到了一个能跟自己一起躲懒的朋友,便对"朋友"轻易交付了全部的信任。

"S"自然不会拒绝。毕竟,他修的从来都是无情道。

时间忽然凝固,L的脸上还维持着殷切的笑意,向他递过合籍申请。

"S"那张古板的脸上一改往日的沉默,回头,笑意盈盈的眼睛直直对上了观看至今的S。

S听到十六岁的自己问道:"你可曾有悔?"

### fēi shēng **04** zhī hòu

S皱眉。

后悔什么?早在入门之前就修了无情道吗?

还是后悔为了修炼无情道选择拿L作祭品呢?

他说:"不悔。"

### fēi shēng **05** zhī hòu

L与"S"就这样成了道友了。

L大概连什么是"道友"都不明白,就欢欢喜喜地拉着"S"结了拜。

不过对于"S"来说,L明不明白并不要紧,他总会费尽心机让L对自己满意的。

S十三岁时便从一云游老道手中偷来一本修炼无情道的功法,但他对此功法嗤之以鼻。

何谓无情?以有情祭无情才是上道。与人相交在相濡以沫中压制修为,稳固道心,最终斩断杂念,方证大道。

第二道门开启,已是三十年后。

两天打鱼三天晒网的修炼竟然让他们在二十四岁时入了辟谷期,容颜永驻。

场景换到了一处漆黑洞穴。

"S"将L护在身后,警惕地盯着洞穴深处。纵使S已经经历过一次,还是猝不及防被那洞穴深处铺天盖地的血红眼睛震慑住了一瞬。

那是一次全体历练,寻不到逃脱理由的他们被扔进了一个小秘境,本想在山洞里修整几天直到秘境出口打开,没想到这个山洞里竟然藏着一群食血兽,而山洞的出口又恰好被落石封死。

好一个没想到。

S还记得自己是如何趁着L入睡,精心挑选了这样一个危机四伏又不至于丧命的山洞的。

"S"成长了不少,他一改从前冷漠的作风,学着变成了一个贴心的挚友。他将L牢牢护在身后,甚至封住了L的听觉。

食血兽几乎要将他们淹没,攻击却都落在"S"的身上,他的后背被撕扯着露出白骨,它们吸着他的血,啃着他的肉,而"S"将L护得密不透风。L惊恐地想要推开他,"S"只是笑着,对L说别怕。

如果这人不是他自己,如果不是知道"S"在自己身上洒了多少吸引食血兽发狂的灵粉,又是怎么让带队长老们"恰到好处"地前来救援。

——S都要被自己感动了。

"S"在床上昏迷了足足一个月,L害怕极了,时时刻刻守在他身边。

当他睁开眼时,L哭得天昏地暗,L哽咽地问他为什么。

他温柔地说道:"因为我要保护你啊,我不想长生,只想跟你一起悠闲度日,你若是有事,我该如何是好?"

语毕,时间又静止了,黄昏的光落在L清秀的侧脸上,一滴眼泪还在发光。L的眼中清晰地映着"S",唯有"S"。

"S"回头看向S:"你可曾有悔?"

S 再次摇头："不悔。"

精心设计的布局里，怎么容得下后悔。

第三道门、第四道门……

S 已经看透了这天道幻境，他以无情入道，三百年来最大的仰仗便是他与 L 之间的情谊。

他在悬崖边谨慎前行。

从来只知吃喝玩乐，十指不沾阳春水的 L 为了 S 逐渐成了一副截然不同的模样。

L 从家中带出来的钱财早就花完了。因"S"护着 L 伤了身体根基，L 每日就将他的任务一起领了。为了多赚一些灵药，L 甚至独身一人三五次进入秘境采石，好出来倒卖高价。

L 瞒着"S"夜里跑进后山里洗石，洗得满手是伤，再用幻术遮盖住，若无其事地回去陪"S"。

L 的法术那么拙劣，轻易便被"S"戳破了。"S"很是心疼，发誓不会再让 L 受委屈。

两人修为低下，伤上加伤，在门派里过了好一阵苦日子。

一到夜里，"S"便无意识地靠近 L。"S"手脚冰凉，面色发白，缺乏有效治疗让他体内的寒气愈发猖狂，只能在夜里从 L 身上汲取些许温暖。

L 察觉到这件事后，又是愧疚又是心疼，没想到自己居然现在才发现 S 每夜要经受这样的痛苦。

L 买不起昂贵的丹药，便学着自己炼，可偏偏又没有炼丹的天赋，丹炉炸了一个又一个。

"S"似是完全没把自己的身体放在心上，转而安慰 L："我晚上这样靠着你便不冷了，干什么还要花这么大的力气炼丹呢？"

他确实是不曾放在心上的——因为那只是他在夜里修炼无情道时气血流转造成的表象。

L与"S"暂别，说自己接了一个山外的历练任务，一个月后方可归来。"S"虽是放心不下，但也受不住L的坚持，便由着L去了。

待L走后，"S"日日勤加修炼，修为又精进了不少。

S知道，二十三天后L会带着一块暖玉回来。L说那是自己偶然从秘境中得到的宝物，"S"看着L风尘仆仆的脸和亮晶晶的眼眸，没有点破，只顾作惊喜，信以为真。

S过去的确不知L从哪里弄来了这块暖玉，天道却将那日的场景一一展现在他眼前。

风雪之夜，L跪在极北寒山的九百九十道山阶上，匍匐向前，一步一叩。

墨发被雪覆了一层银辉，眼睫每一次眨动都落下簌簌雪粒，L虔诚地叩行着，不曾停下一步，单薄的身影在黑沉沉的夜里像只孤寂的游魂。

L的唇色惨白，唇齿还在一张一合。寺庙的古钟声将L的声音撞得微不可察，可S还是听到了。

L隔着邈远江海，隔着万千人群，在思念他："S，S……

"S……你可曾后悔？"L的眼睛穿过雪幕望向他，清澈而温暖。

这次他却迟疑了片刻，而后缓缓摇头："我不悔。"

第五道门。

弹指一百年过去了，"S"与L已是金丹后期，寿数可至五百年，但在遍地都是元婴期的弟子中着实不打眼。

两人一同下了山，在凡世游历十几年，修道亦修心。

他们在小村子里教过书,也在山里打过猎,偶尔还会去江湖行侠仗义。

L还回了一趟家,L的父母早在几十年前就逝去了,尘归尘,土归土。族里子弟没有多少人还记得L,只当是仙师迎进家中。他们并未停留太久便又离去。

在他们回九台山的前夜,"S"给L准备了一个盛大的生辰礼。

漫天星辰为L降落,人间的灯火似是被L聚拢于掌心,那盏灯中有月辉星宿,四季轮转,还有他们二人的剪影。而他们二人站在云间,持灯俯瞰万物。这是"S"创造出的幻境,虽然只有短短的一刻钟,但足以让L惊喜感动。

他们并肩坐在高楼飞檐上,L侧着脸,眉眼低垂地说道:"如果我们当初没有上去九台山,是不是……"

"S"知道L想说什么,他抬头回道:"如果我们没有登上最后一阶,我就背着你从台阶上走下去。我们一起开一家酒馆,卖酒给偷溜着下山喝酒的修士……我们每天看日升月落,生老病死也甘之如饴。"

那晚月光清浅,掩不住L眼中的光芒。

S竟也止不住地幻想起那时的场景,如果他们真的都是普通人,如果他从未修炼过无情道……

时间静止,"S"若有所感,似笑非笑地回头看向他:"你可曾有悔?"

悔又如何?早已无可回头。

S咬牙道:"我不悔。"

fēi shēng **08** zhī hòu

第六道门。

S知晓迟早会有这样一道门重现他与L刀剑相向的那一天。

一切都毫无征兆。

"S"同往日一般屈腿坐在竹床上，翻看着各家道法。

忽然一道狠绝剑意将竹门碎成千块，剑气直指他的心口。L提着剑冲进来，手指还在不住地颤抖，满脸惊怒。

"S"只诧异了一瞬便又恢复一贯的笑容："你在做什么？"

随后一本泛黄的书笺被狠狠地甩到地上，书页被风卷动着，响得有些尖锐——封面上写着"无情道"。

L红着眼眶向他逼近："为什么要骗我？"

"S"不答反问："你从哪里找到的？"

L抖着唇，语不成句："这很重要吗？是不是，从一开始你就在骗我，好踩我尸骨，飞升成仙……"

"S"安静了几秒，起身，温和的笑意不知何时被冷漠所覆盖，他的声音寒意刺骨："你都知道了，那么想如何对我呢？"

伪装被撕破，他压制了快三百年的修为一瞬爆发出来，威压将L逼退数步。

往日里对他满心依赖的人像是转瞬之间生了反骨，L再次横剑于前，紧咬下唇："我恨你。"

"恨我又当如何？"

"当剥皮噬骨，偿我真心，解我之恨。"

"S"的双眼掠过一抹血红："你当真忍心？"

"死不原谅。"

L挥剑刺向他的心口，毫无停滞。

"S"仅用一息便将L的剑打落在地。

他握着剑一寸一寸地钉入L的胸口，抬手拂去溅在L脸上的鲜红，又替L合上怨毒的双眼。

S面无表情地看完了全程，心魔幻境渐渐消失。

"S"瘫坐在地上，似是不可置信地看着自己的右手，上面空空如也，没有剑，也没有血。

L推开门，眼里是一如既往的天真："S，你坐在地上干什么？"

"S"嘴角的笑意渐渐扩大："没什么。"

不过是练功时走火入魔了，他在幻境中对L出了手，证明了自己的道心依旧稳固。

他想，在飞升之前，真相不会被L发现的。功法早就被他记在脑海深处，怎么可能留下这般确凿的证据。

只是他挂在脖颈上的暖玉不知为何碎了一地，再不可复原。

这次不等"S"开口问他，S自己便回答了："我不悔。"

他与L之间始于欺骗，断无生路。待到有一日撕破脸面，必是不死不休。

只要再过一道门，再过一道门……

这次的场景S从未见过。

九台山上鸣鼓相庆，长老们站在高台上满面红光，滔滔不绝，仔细一听，竟然讲的是九台山如何培育出了一个三百年便得道飞升的天才，高台底下坐着一片片黑压压奋笔疾书的弟子。

他下意识在人群中寻找"S"与L，却一无所获。

这绝不是他的回忆。

他的挂名师父与另一个长老站在高台边上交谈，S听到他说："如今已经是第七天了！等过了零时，S就正式成仙了，我这个师父也脸上有光……"

S怔住了，他没想到第七道门竟是他以灵体重回现世。

那么，L此时也该知道了吧，明白他所有的欺骗，骗了真心又将之抛弃。L此刻会在做什么？会一把火烧了他们的屋子泄愤吗？

S 有些无措。

待回过神来，他已经走到了从前他们居住的竹屋前。右手抚上门框，他罕见地犹豫了，他踟蹰不前，最终还是穿过了这道门。

他想，不管 L 是如何歇斯底里，如何怨恨咒骂，他都不会再后悔了。

七日未见，L 身影瘦削，黑发未束，散散地垂落在地上。

黄昏的光透过窗子，在 L 的手上留下斑驳的痕迹，那双修长的手指握着刻刀，在一方石碑上慢慢刻着什么。

一室寂静，石碑上血红的字刺痛了 S 的眼睛。

L 竟是在刻自己的墓碑！

S 整个人都僵住了，他想了万千种场面，但从未想过他飞升之后 L 会当他已死，想随他而去。

L 的眉眼温和，仿佛从未有过怨恨，依旧纵容。

落日隐没了最后一丝光芒。L 将墓碑搬到院子里的桃树下，又转身回屋，拿出两盏油灯放在门前。

S 不敢发出一丝声响，生怕惊扰到 L。他的心跳如鼓，心乱如麻。他仿佛猜到 L 要做什么了。

L 从桃树步入屋中，左手微抬上，仿佛与谁一同走向香案前，供上红香。

"皇天在上——"

L 低声唱罢，盈盈下拜。

如若他们从未上山，俗世相伴……

"今日 L 与 S 结为道友……"

L 俯身再拜，矜之重之。

如若他真心以待，无人错付……

S 的灵魂割成了无数片，似被那抹红色千刀万剐。

什么道心稳固，什么心魔作祟！如若时间倒流，面对这样的 L，他能把剑毫不犹豫地捅入挚友的心口吗？

S 跪下，虚握住 L 的左手。

礼成。

S在万众瞩目中跳下了七道门，向尘泥跌落。

道心已破，他却不悔了。

他迫不及待地想回到那间竹屋，告诉L，他后悔了，后悔修了无情道，后悔以真情祭他道，后悔斩断情缘飞升上界。

他愿意回到凡世与L做普通人，平平淡淡地生活。

L会原谅他吗？L一定会闹几天性子，不肯理他，这也无妨，他们还有漫长的时间可以重归于好。

S满怀着期望，恨不得再快一点摔落在地，或许他的惨状还能换来L几分同情可怜，早日和好。

许是他跌得太狠，出现了幻觉。

雷雨大作，L凭虚御风，扶摇直上，竟是飞升了！

L与他擦肩而过，眼神里露出一丝悲悯。

七道门开。

S满目茫然，他穿过了L的天道幻境。看L六岁修无情道，看L十六登天梯，看L资质无双，看L费尽心机。

他选择了L，L同样选择了他。他看懂了，又似乎什么都没有懂。

L绽出一抹微笑："S，看清楚了，这才是真正的无情道。"

用单纯无知骗他入局。

——不悔。

用柔弱善良骗他得友情。

——不悔。

用虚情假意骗他信以为真。

——不悔。

在暖玉上下咒，诱他心魔丛生。

——不悔。

每一个字 L 都说得畅快无比，骗了一个无情道破了修行，让 S 在最后一道门被心魔反噬跌落凡尘，这才是无情道最好的祭品。

杀人诛心，不过如此。

S 所以为的真实，不过是精心设计的骗局。

L 毫不留恋地掷出最后一句"不悔"，漫天金光大作，凤啼龙鸣。

S 满身伤痕地躺在大火烧尽的竹屋中，仰面大笑。L 怕是在第一次遇到他的时候就看穿了他心中所想，是他技不如人，满盘皆输。

S 笑着笑着咳出了血沫。

他缓缓闭上了眼睛，三百年的过往烟消云散，口中只余最后一句呢喃。

我不贪长生。

我祝你与天同寿。

*End*

图书在版编目（CIP）数据

真相是真.6／艾夕夕主编.

一武汉；长江出版社,2021.7

ISBN 978-7-5492-7804-6

Ⅰ.①真… Ⅱ.①艾… Ⅲ.①短篇小说－小说集－中国－当代

Ⅳ.①I247.7

中国版本图书馆CIP数据核字(2021)第148271号

本书经艾夕夕委托天津漫娱图书有限公司正式授权长江出版
社,在中国大陆地区独家出版中文简体版本。未经书面同意,
不得以任何形式转载和使用。

真相是真.6／ 艾夕夕主编

| | | | | | |
|---|---|---|---|---|---|
| 出 版 | 长江出版社 | | | | |
| | （武汉市解放大道1863号 邮政编码：430010） | | | | |
| 选题策划 | 漫娱图书 李苗苗 | | | | |
| 市场发行 | 长江出版社发行部 | | | | |
| 网 址 | http://www.cjpress.com.cn | | | | |
| 责任编辑 | 罗紫晨 | | | | |
| 特约编辑 | 熊 璐 | | | | |
| 总 策 划 | 熊 嵩 | | | | |
| 执行策划 | 罗晓琴 | 开 本 | 880mm×1230mm 1／32 | | |
| 装帧设计 | 肖亦冰 杜 荳 | 印 张 | 7 | | |
| 印 刷 | 恒美印务（广州）有限公司 | 字 数 | 198千字 | | |
| 版 次 | 2021年7月第1版 | 书 号 | ISBN 978-7-5492-7804-6 | | |
| 印 次 | 2021年8月第1次印刷 | 定 价 | 46.80元 | | |

画手 ◆ 覃菌 阿词